UMA FURTIVA LÁGRIMA

UMA FURTIVA LÁGRIMA

NÉLIDA PIÑON

5ª EDIÇÃO

EDITORA RECORD
RIO DE JANEIRO • SÃO PAULO
2022

CIP-BRASIL. CATALOGAÇÃO NA PUBLICAÇÃO
SINDICATO NACIONAL DOS EDITORES DE LIVROS, RJ

Piñon, Nélida, 1937-
P725f   Uma furtiva lágrima / Nélida Piñon. – 5ª ed. –
5ª ed.   Rio de Janeiro: Record, 2022.

ISBN 978-85-01-11623-9

1. Piñon, Nélida, 1937-. 2. Escritoras brasileiras – Memórias.
I. Título.

CDD: 928.69
19-54612   CDU: 929:821:134.3(81)

Meri Gleice Rodrigues de Souza – Bibliotecária – CRB-7/6439

Copyright © Nélida Piñon, 2016

Todos os direitos reservados. Proibida a reprodução, armazenamento
ou transmissão de partes deste livro, através de quaisquer meios, sem
prévia autorização por escrito.

Texto revisado segundo o novo Acordo Ortográfico da Língua
Portuguesa.

Direitos exclusivos desta edição reservados pela
EDITORA RECORD LTDA.
Rua Argentina, 171 – Rio de Janeiro, RJ – 20921-380 –
Tel.: (21) 2585-2000.

Impresso no Brasil

ISBN 978-85-01-11623-9

Seja um leitor preferencial Record.
Cadastre-se em www.record.com.br
e receba informações sobre nossos
lançamentos e nossas promoções.

EDITORA AFILIADA

Atendimento e venda direta ao leitor:
sac@record.com.br.

In memoriam
do amado
Gravetinho Piñon,
amigo inesquecível

SOU MÚLTIPLA

Falar em primeira pessoa requer audácia. Mas é uma opção natural. Enquanto falo por mim, ou penso por mim, incorporo os demais à minha genealogia. Não ando sozinha pelo mundo. Ao ser múltipla, sou muitas. Minha linguagem reverbera, tenho a memória de todos na minha psique. E o coletivo passa a me afetar, aloja-se na minha primeira pessoa, que é uma experiência dramática. Ao mesmo tempo é bom saber que estamos sós no mundo, não nascemos de uma ninhada.

Cumpro uma variedade de acordos ao narrar minha história, enquanto conto com o enredo de todos. E reverencio aqueles com quem compartilho vida. Termina sendo uma experiência que vai além da estética, da arte narrativa.

MEU OFÍCIO

E screver é o que sei fazer. Narrar me insere na corrente sanguínea do humano e me assegura que assim prossigo na contagem dos minutos da vida alheia. Pois nada deve ser esquecido, deixado ao relento. Há que pinçar a história dos sentimentos a partir da perplexidade sentida pelo homem que, na solidão da caverna, acendeu o primeiro fogo.

SENTENÇA

Pensei fazer um diário breve, um resumo dos meus últimos dias, segundo sentença do oncologista que, com parcimônia e convicção, antes mesmo dos resultados dos últimos exames, foi conclusivo. Eu teria entre seis meses e um ano. Retornei à casa, disposta a me preparar.

No meu quarto, Gravetinho pressente minha vulnerabilidade. Ainda que sua natureza não domine meu mistério, ele intui que, segundo parecer médico, estou à beira da morte. Uma cercania impiedosa.

Com ele e Suzy ao meu lado, como se me protegessem, dou início ao diário da morte. Como sua única redatora. Ninguém está autorizado a acrescentar o que seja. A palavra que se atreva a adicionar envenenaria o final de minha vida.

Minha morte não é inspiradora, não pode ter traços poéticos, emenda ou salpicos metafóricos. Não há poesia na morte. Os lances que adornam a beleza eu os alijei. Não quero próximos. Condeno quem formule o que jamais pensei, ou sequer mencionei.

Ao atrelar a imaginação ao pensamento desregrado, mas sem punição, tudo se cruza, a partir desse instante, com a ideia da partida. Sou mortal. A mortalidade se avizinha, prova que a vida é breve.

Sucumbo, porém, sem protestos. Sem emitir sons que soem a despedida. Ou confessar que não me ufano da morte. Sem pedir que me cubram com a mesma mortalha da mãe.

Sei, contudo, quem quero ao meu lado na hora da despedida. Faltarão certamente alguns nomes, que não posso invocar agora porque estão distantes ou porque me precederam na partida.

Penso na hora de dizer adeus instalada na casa que amo, onde fui frequentemente feliz. O território onde julguei fácil viver.

Despeço-me assumindo o que sempre fui, sem descartar nenhum estado. Como mulher, brasileira, galega também, e escritora. Uma conjugação de fatores que me ajudaram a enveredar pelas civilizações antigas e pela simbologia do mundo. Ainda pela história da arte, das religiões, do amor e das amizades.

UMA FURTIVA LÁGRIMA

Não creio nestes anos ter renunciado a fundamentos que herdei a partir do berço. É um legado sobrecarregado de enredos, sempre inseparáveis.

Estive atenta, enquanto pude, aos mistérios da fé. Sorri e chorei diante das adversidades. Amei e fui amada. Deixei que Deus pousasse no meu regaço. Resta-me agora dizer amém.

Aqui me detive ao longo dos meses. Calada, poucos souberam que eu contava os dias. O silêncio reforçou minhas energias. Só não queria um sofrimento que danificasse minha dignidade. Entretanto, em São Paulo, o veredito mostrou-se equivocado, e submeti-me aos tratamentos devidos e corretos.

Quase três anos depois, estou bem. Resisti, vivo, penso. Imagino, sobretudo escrevo. Eis os segredos da vida.

ESTRELAS E QUIMERAS

A imaginação é razão de viver. Aciona a voracidade e não tem fim. É um tapete que estendo ao longo da escalinata da Piazza di Spagna a pretexto de chegar às portas do Hades.

Espécie de caixa que enfeixa segredos, sacia a fome, cede pedaços da matéria capaz de me salvar. São côdeas de pão, pedaços de vidro, bilhete amarfanhado, tudo que não renega a origem humana.

Desde a infância exagero em prol de um mundo nítido, transparente. Apelo para certos exercícios a fim de que a voragem da invenção me dê alento. É um processo sem interrupções. Já ao primeiro gole de café intuo haver uma fórmula que, graças à sua combustão natural, aqueça a imaginação, pague o suor coletivo com as moedas ganhas no jogo de azar.

UMA FURTIVA LÁGRIMA

Atraio os tesouros para a casa sempre que refuto as versões oficiais. Pois que, quando me ajusto ao fracasso, corro o risco de atar-me ao penhasco à espera dos pássaros que biquem o meu fígado. Sou quem depende das franquias alheias para viver, que são as crueldades e as maravilhas inerentes da loucura humana. Claro que tal condição afeta os efeitos da realidade no meu cotidiano. Acato, porém, este transbordamento que me leva a atravessar a fronteira moral que Dante estabeleceu para punir adversários.

A qualquer hora, em especial ao cair da noite, sou propensa a intensificar a imaginação. Graças a tal exercício é fácil ver os Campos Elíseos, mais belos do que eu supunha, com a mirada emprestada por Virgílio, ou pelo próprio Eneias, em busca do pai, Anquises. Mas logo a própria imaginação desfaz a visão do Hades. Sofro tal golpe, mas consola-me perpetuar na minha memória os seres amados que já partiram. Sobra-me ainda a ilusão de esquivar-me do inferno, que o ilustre florentino concebeu. De olhar a salvo o firmamento povoado de estrelas e quimeras.

PAI E MÃE

Pai e mãe são os ancestrais que encarnam os primórdios da civilização. A família é a tribo que, ao nos introduzir ao mundo, dita regras, estabelece a medida do amor e do ajuizamento das coisas. No seu sangue abrigam-se as falhas morais e afetivas presentes ao longo da vida. E é obra sua difundir a espécie de estética que pauta no filho gosto e conduta futura. Mas como esquivarmo-nos dos ditames da paixão e da ira que se assimilam em torno do pão familiar?

ESTATUTO DO AMOR

Conserva teu filho entre as paredes da casa. Ali é o seu lar. Dá-lhe pão, sabão, água, a cama do cotidiano. Faze-o sonhar em meio ao desassombro. Conta-lhe histórias que ele perpetue na memória. Para que tua lembrança transforme-se um dia em uma seta de prata a atravessar a noite dos tempos.

Esfrega as costas da mulher com a espuma do amor. Cuida para que a pele da companheira não se fira jamais por força da tua impaciência, desatenção. Vigia, atento, a tua violência. Ela é a parte obscura e sórdida da tua alma. A crueldade que exerces contra a mulher e o filho é um desafio a Deus. Esta grosseria enlameia tua condição de mortal, afeta o lento e difícil processo civilizatório.

Não deixes a família na crença de que é um infortúnio em tua vida, o fardo da desesperança, o grilhão de que convém desfazer-te em nome de um coração indiferente, cruel, desabitado.

Não enxotes de tua vida aqueles a quem amas.

Não uses de uma violência que, em verdade, traduz a existência de um coração que desconhece a utopia, o sonho, os direitos sagrados do homem.

Não permitas que, sob o jugo de tua ira, mulher e filhos fiquem ao desabrigo da sorte, ingrata e imprevidente.

Defende o teu lar de ti mesmo. Da tua ferocidade, da tua paixão desenfreada, da ânsia de golpear, de mutilar, de maltratar, como se te coubesse este desapiedado e falso exercício da justiça.

Impede que tua família, despojada do lar, leve na alma o estigma da desgraça, arrisque-se a perder a majestade, a autonomia, os direitos humanos que lhe são inalienáveis. E que, jogada à rua, sem valia, ostente na cabeça a coroa de latão e de espinhos, lambuzada de um sangue que não é o do Cristo. Mas um sangue derramado pelo teu arbítrio, teu despotismo, teu preconceito, tua crueldade, tua covardia sem misericórdia. Graças aos quais a tragédia abate-se sobre tua casa antes mesmo do amanhecer.

Lembra-te de que, despovoada do arfar amoroso, dos gestos benfazejos, tua crueldade ficará inscrita a ferro e fogo na memória dos que te são caros.

UMA FURTIVA LÁGRIMA

Não te furtes, também, de levá-los a visitar as dependências da casa, o quintal, a rua, como se fossem todos heróis destemidos. Ajuda-os a celebrar a presença humana no mundo. A extrair da vida as travessuras dos insurrectos, o espetáculo ridículo dos fanfarrões, as revelações amorosas que inauguram e renovam nossos sentimentos. Só assim, tão logo tremule a luz dos lampiões na rua, regressarão ao lar sem medo no coração, sem temor de sofrer inomináveis sevícias. Nesse mesmo lar que nos reconforta ao simples girar da maçaneta. Onde as mães, os filhos, os animais domésticos desvendam os segredos ancestrais, os enigmas do futuro.

Afinal, vida justa e generosa é aquela que jamais apaga as sombras da casa. Não afugentes, assim, o convívio dos seres. Enseja que o rosto da mulher e do filho iluminem-se em um átimo à simples vista da panela a ferver sobre o lume anunciando o feijão, este alimento brasileiro que exalta a paz e a abundância.

Sobretudo não despojes a família dos seus privilégios naturais. Não a envenenes com a amargura do teu peito. Não a amordaces com a tua ira. Mas assegura-lhe a herança dos teus gestos, das palavras. Recorda que, embora o coração humano seja quantas vezes espezinhado pela desmedida cobiça, pela ausência de escrúpulos morais, em ti perdura a ânsia do paraíso. Deste modo faz resistir nesta mesma família a ilusão de serem todos filhos de Deus.

O que seríamos sem aqueles que nos ofertam o arcabouço do lar? Aqueles que batalham para que em nós subsista a soberana emoção de se saber parte de uma família que sucede a si mesma ao longo da peregrinação humana?

Mas se, no futuro, o amor à mulher se esgote, não é razão para deixar em seu lugar os traços do desamor, o estigma da maldade. Nenhum pedaço de carne humana merece ser golpeado pela indiferença, pela violência, pela injustiça. Portanto, não abatas a tiro, a tapas, a arranhões, o corpo da mulher. Em comunhão com ela forjastes a família. Respeita, pois, o direito que te foi dado de reproduzir-te em outro ser, o teu filho. A família é o fruto da tua radical humanidade.

Não lhe negues, então, o olhar compassivo, as lágrimas conspurcadas por uma realidade que traiu teus sonhos. Quem quer que esteja no recinto sagrado do lar é, ao mesmo tempo, o sucessor do teu horror e da tua capacidade de maravilhar-se.

Aprenda que o outro é o teu lar. É o teu corpo, o teu nome, o teu outro rosto. É o verso e o reverso de tuas entranhas. É o espelho de tua irrenunciável humanidade.

UMA FURTIVA LÁGRIMA

Não esperes aquele ano em que, por obra de tua violência, a tua família seja dizimada, para só então descobrires a gravidade indizível de tua infâmia. Para saberes que gozo terias sentido se, em vez de matá-la, a tivesses levado ao peito enquanto vivia. Mergulha, sim, na liturgia do amor e renuncia à tua descabida ira. O amor é e será sempre teu melhor gesto na terra. O único capaz de projetar luz sobre esta precária existência humana.

A BELEZA

A beleza é vertiginosa. Abala convicções, lança--nos à aventura que provém da estética em ação. Cada qual inventa a noção de beleza que lhe faz bem, que prorroga a crença no talento humano.

Pessoalmente a beleza, mesmo grotesca, me emociona. Às vezes fujo de seu impacto para que não me marque a ferro e fogo como se faz na pele do gado indefeso.

A beleza prega o mistério e é uma bendição.

A TRAGÉDIA

Tarantino se excede, a despeito do enorme talento. Serve-me sangue na colher de sopa, e eu vomito, rebelo-me com seus abusos. Há muito evito conviver com a tragédia, com as veias abertas. Ou descrever o drama que desmerece minha visão de mundo. E que, a pretexto de desenvolver uma estética patológica, compraz-se em mutilar partes do corpo, na suposição de eu me deleitar com o horror que o espetáculo humano semeia.

A vida, in extremis, expulso para longe. Sei, contudo, que a crueldade do planeta é da minha responsabilidade. Não ignoro os efeitos do mal radical e tampouco desejo que se faça desta exposição visceral instrumento de arte. E isto porque sou vulnerável aos estertores oriundos da inquisição, do tráfico negreiro, do holocausto, dos genocídios sistemáticos, das guerras religiosas, da limpeza étnica, do estupro ideológico, dos porões da ditadura.

O mal supera minha imaginação. Seus tentáculos cênicos e musicais roubam minhas crenças, enaltecem a ignomínia, apagam a imagem da manjedoura onde o Cristo nasceu. Não me quero sob sua guarda. Mas indago, como desfecho, se tenho como me defender de quem vem à minha sala enfeitada de rosas de raro fulgor e me lança o dardo da traição?

SOU ALDEÃ

O nde esteja sou camponesa. Desorganizo a vida em nome da tradição. Assim, instalada em uma pensão, reorganizo o quarto como se fosse ali ficar para sempre. Também a alma tende a se adaptar no afã de acompanhar o corpo. Quero a vida em torno do catre, um espaço privilegiado para brincar e dançar com quem esteja.

Entretenho-me com modestas celebrações. Com o que me fala do apogeu da vida, e me faz esquecer a decrepitude. Prestes a dormir, mergulho no próprio espírito, nos meus escombros. Antes enalteço algum lugar que considero profano.

Em casa, passo da cozinha para a sala com naturalidade. E quando convidada para jantar, na moradia alheia, majestosa ou modesta, vivo as excelências do banquete que me oferecem com as especiarias da vida.

Falta-me vocação para ser triste. Tenho riso fácil. No entanto, sem aparentar, tenho feroz vocação para a solidão, que é o lugar metafísico onde melhor me encontro.

ABRAÃO E SARA

Se observarmos o território do Oriente Médio de milênios atrás, defrontamo-nos com o homem bíblico que, após a expulsão do paraíso, se aturde ao perder sua condição de imortal. A circunstância engolfa este personagem bíblico na batalha da sobrevivência. Na luta por obter, em meio ao perigo, a licença para matar, extorquir, arfar, privado do sossego e da fartura.

Sob o estatuto imposto pelo deus punitivo, esta criatura submetia o corpo à exaustão diária. Enquanto à mulher, que ali também está, com as pernas abertas, esquartejadas, cabe-lhe expelir o filho em meio às dores, ao sangue, às fezes.

O relato bíblico dá início à fabula que difunde o terror como medida preventiva. Para que o homem, ao recordar sua origem atrelada à vontade do criador, não esquecesse a punição que lhe fora imposta devido à desobediência ao deus do paraíso que lhe oferecera as excelências da terra, mas disposto a lhe aplicar severas sanções ao mínimo deslize.

As teologias, por sua vez, reforçam a sorte humana e confirmam o pacto havido entre Deus e Abrão, do qual surgiu a Sagrada Aliança. Um diálogo que, ao privilegiar Abrão, manteve Sara distante. À mulher destinando-lhe um castigo histórico como se o merecesse.

Este universo hebraico, contrário aos artifícios cênicos dos gregos, era ocupado por semitas pastoris que viviam em tendas, recusavam luxo, gestos eloquentes. Tidos como o povo eleito, eles aceitaram, como parte do acordo entre Jeová e Abrão, que respondia pelas doze tribos, que o deus, judeu como eles, interviesse em seus preceitos religiosos, que os punisse quando adorassem deuses pagãos.

Jeová, atento ao seu povo, ordenou que Abraão, devido às calamidades climáticas, a ameaçá-los com a fome, conduzisse as tribos em direção ao Egito. No alto Nilo, conviveriam com as riquezas do faraó que, no entanto, reverenciava deuses iníquos.

Tudo indica, diante do silêncio de Deus, ter Ele aceitado que Abraão cedesse Sara à cobiça do faraó, uma aliança carnal graças à qual os semitas prosperariam. Desde o início observa-se o pouco

UMA FURTIVA LÁGRIMA

apreço que Jeová tem por Sara. Tanto que não lhe dirige a palavra, enquanto fala com Agar, a amante de Abraão, por duas vezes.

Tal é a animosidade de Deus com a mulher que se esquiva de comunicar-lhe a iminente maternidade, antes optando por enviar três anjos a Abraão com a missão de adverti-lo da gravidez de uma Sara incrédula, cujo sorriso é repreendido pelo Senhor. Ajustado à memória coletiva de Israel, Jeová torna Abraão, e afinal Sara, arquétipos do seu povo, mitos que encenam uma liturgia que reforça o próprio monoteísmo. Enquanto a cercania divina deifica Abraão e Sara, o casal bíblico, por sua vez, rouba por um ápice a máscara de Deus, a potestade da sua expressão. Um ato justificável por haver sido Abraão o interlocutor ideal de Deus, afinal, quem ajudara o Senhor a conhecer os humanos, a retomar o diálogo havido outrora no paraíso com Adão e Eva.

Graças à intimidade recente com aquele povo que perambulava pelo deserto, Deus familiarizara-se com os seres que, conquanto criados à sua semelhança, jamais lhe viram a face. Em contrapartida, Abraão, ao constatar que sua narrativa confundia-se agora com o enredo de Deus, conquistava o direito de intervir na história da Judeia, de reescrevê-la, de traduzir para os demais as intenções do Senhor em cujo nome ele falava. Semelhante situação dava-lhe margem de apossar-se do verbo divino e conferir-lhe um sentido talvez contrário ao que Deus pretendera.

E acaso seria culpado por interpretar a palavra de Deus à sua maneira, se até então tinham vivido ele e seu povo imersos no profundo mistério, sem jamais obter uma resposta que aclarasse suas dúvidas? Afundados em uma realidade que, conquanto cruel, parecia brotar às vezes de sucessivos milagres, da crença de Deus jamais os deixar entregues ao abandono.

Após ceder Sara ao faraó, Abraão sentira-se um novo homem. Para salvar sua gente, agira com correção e intuíra contar com a compreensão de Deus. Sara obedecera ao marido sem tecer intrigas. Condicionado ele pela força da sua fé, que era um arremedo da vontade de Jeová, tornara-se afinal responsável pela epifania do universo judaico-cristão.

A complacência de Deus convencera-o de estar sentado à direita de Deus, digno, pois, de aspirar ao que estivera interdito ao humano. Uma espécie de supremacia que ocorria frequentemente aos personagens da Bíblia, aos santos pós-cristãos que, ao se julgarem à margem dos demais, liberavam-se para inventar o que fosse. Uma síndrome de que também padecem os narradores que na condução de suas obras julgam-se isentos de erro e de culpa. Inclusive eu.

GALÍCIA

Guardo Galícia no nicho da memória. Ao falar dela, tenho suas lendas comigo. Elas me alimentam. No entanto não atualizo os mitos galegos no afã de torná-los contemporâneos. Para quê? Não os quero roqueiros, com andrajos que soam falsos. Mito não se moderniza. Afinal o núcleo mítico daquela terra alastra-se além das aldeias que amei. Assim, quando menciono os hórreos que enfeitam a paisagem galega, falseio os sentimentos. Isto porque na casa da avó Isolina eram chamados de canastra. Alguém me induziu ao erro, mas pouco importa. Vale levar estas visões pelo mundo afora, mesmo quando discurso sobre a contemporaneidade.

Cedo sondei qual foi o percurso do imigrante. Não domino suas dores nem suas ilusões. Sei tudo pela metade. Como, então, pretender conhecer seus segredos?

O tema ainda me comove. Vem ao coração com força perene. Reconheço que enfatizo em excesso a chegada a Vigo. Quando menina ainda eu via a terra desde o convés do barco e me parecia tudo inóspito, frio, as mulheres a nos acenarem vestidas de negro, em um luto eterno. Mas bastou-me ver pela primeira vez a ponte medieval e a capelinha à entrada de Borela para jurar amor imorredouro por aquele solo. E é o que faço ainda hoje.

SUZY

Suzy Piñon nasceu em Teresópolis, no Morro do Tiro. Não conheci o seu presépio, mas certamente era modesto. Vivia em meio a uma família que criava cachorros e os vendia. Nunca teve uma cama, uma vida privada, um espaço seu.

Foi descoberta pelos amigos Marina e Renan, que a trouxeram para a Lagoa, já com 4 anos de vida, havendo parido uma ninhada. Esta maternidade me angustia, persegue-me a imagem dos filhinhos em torno dela, que lhe foram arrancados das tetas maternas.

Procuro em seu olhar traços da violência sofrida, e não me conformo por não ter estado ao seu lado para protegê-la, para impedir o ato bárbaro. Imagino que perdeu a metade da vida quando lhe levaram os filhos, que eu não tenho como dar-lhe de volta, ou repor um sentimento que nunca se extinguirá. Quisera arrancar os espinhos cravados no seu coração.

Ao entrar casa adentro, na Lagoa, no ano de 2014, senti ao vê-la no colo de Marina o mesmo assombro que Gravetinho me despertou quando, muitos anos antes, o recebi na mesma porta, e ele, sentado no tapete do vestíbulo, resistiu a ingressar, pois esperava Elza, sua mãe até então, que tardava em chegar, vinda em outro elevador.

Enamorei-me de Suzy e não a quis perder. Resisti em devolvê-la à sua casa em Teresópolis, como havia prometido à sua dona. Pois o propósito da viagem ao Rio era cruzar com Gravetinho, que, por circunstâncias adversas, a despeito de seguidos intentos, sempre fracassados, não conhecera as delícias do amor, conjugal ou não.

Ao vê-la, pequena e baixa, pelo curto e marrom, surpreendi-me com suas longas orelhas. Uns auriculares que detectavam os ruídos do mundo e que certamente lhe chamavam a atenção sobre os perigos iminentes. Mas o compromisso assumido, de devolvê-la tão logo cruzasse com Gravetinho, o que não chegou a ocorrer, por não estar Suzy no cio, precisou ser cumprido.

Marina foi a Teresópolis com a intenção de comprá-la a que preço fosse. Apesar do escasso tempo de

UMA FURTIVA LÁGRIMA

convívio com ela, eu já não prescindia da sua presença. Amava-a, e me doeria sobremaneira perdê-la. Suzy, porém, foi inicialmente cautelosa, e jamais se rendeu a Gravetinho, até então o supremo senhor do feudo. Decerto ele sofria com uma presença indesejada. Não via razão de aceitar uma companheira a quem não pedira. Acaso, por ser fêmea, destinada a lhe dar nos próximos dias um prazer que jamais conhecera, devia renunciar a sua solidão, ao conforto de considerar a casa sua?

A história é longa. Mas embora convivessem durante anos na mesma casa, não creio que se amaram.

O VERÃO WAGNERIANO

O verão brasileiro é desumano, mas aceita desaforos, blasfêmias, nudez, sexo exacerbado. O que estava encerrado na jaula se libera, desenfreado.

Em certo verão, eu vivia a expectativa de seguirmos para Bayreuth no mês de agosto. A pequena tribo, constituída de Marília Pêra, Bruno Faria, Roberto Halbouti, preparava-se para enveredar pelo universo imemorial de Richard Wagner, que deveria nos acolher.

Em casa, até as vésperas da viagem, eu consumia os dias ouvindo o ciclo do Anel, enquanto estudava seu pensamento, que ainda hoje dificulta que suas obras-primas sejam ouvidas em certos países.

Desfruto de sua música sob a expectativa de que algum inesperado acorde e uma frase melódica possam, de repente, ameaçar minha aprazível

UMA FURTIVA LÁGRIMA

vida, fraturando-a em mil, sob os efeitos da paixão que semeia. Sobretudo quando instalada na plateia do teatro, em uma cadeira de madeira dura, sem estofo e braço, concebida pelo próprio autor com o intuito de impedir o sono dos espectadores. E exposta a uma partitura sublime que jorra abundância ao meu corpo, enquanto vou recebendo o beneplácito do Valhala. Submersa na atmosfera mítica de Wagner, ganho nova dimensão. É-me fácil abandonar os recintos da literatura e tornar-me Isolda, ou mesmo Brünnhilde. Qualquer papel servindo ao meu propósito de pedir emprestado a estas heroínas os pedaços essenciais com os quais formar o mosaico de seus personagens. Com que gozo excelso pisaria no palco wagneriano e serviria à sua criação. Concentrada em um papel que me fizesse esquecer o público disposto a me crucificar no final da jornada canora. O delírio advindo de cada nota que emitisse haveria de fortalecer ou profanar quem sou. Junto aos meus agudos passionais pregaria os postulados germânicos que se assemelham aos mitos gregos.

Mas acaso esta arrebatada sensação provinda do palco de Bayreuth equivaleria a galgar sozinha o Annapurna, ou a filtrar, como uma escritora desamparada, as palavras oriundas das correntes submersas do rio Reno?

NÉLIDA PIÑON

Mesmo no teatro concebido em detalhes por Wagner, afeta-me a lembrança do Rio de Janeiro, vítima do seu calor que me molda. Comprometida, porém, pela leitura do mundo, ponho a minha imaginação a serviço dos ditames das óperas a que assistirei nos dias subsequentes na companhia dos amigos.

Nestes dias alemães, separei para ler *El pensamiento de Montesquieu*, de Carmen Iglesias. A historiadora espanhola ajuda-me a entender o desgoverno do mundo e os efeitos do pensamento do francês na atual contemporaneidade. Enquanto arremato minha compulsão verbal com a manutenção do meu espírito arcaico através da consulta aos mitos que cobram minha hospitalidade. Com estes imortais que igualmente habitam Wagner, reforço as releituras de Joseph Campbell, de Machado de Assis, de Álvaro Cunqueiro. Todos intérpretes do imaginário ocidental.

DESDE O BERÇO

Convocada desde cedo a fundir as tradições brasileiras e espanholas, que são a fonte da minha linguagem, o palimpsesto da minha fabulação, apraz-me pensar que herdei também os pigmentos e a emotividade de todos os povos. Como consequência, ouso conceber o mundo ficcionalmente. A palavra, de uso comum, enseja a invenção que filtra as impurezas do cotidiano e confere grandeza oriunda das práticas diárias. A arte é o concreto. Com tal crença, dou início a qualquer relato e declaro, por ser natural, que o lar galego, onde nasci, não me oprimiu ou me cegou. Seus ocupantes não pareciam inclinados a solapar as iniciativas libertárias havidas supostamente na terra nova, com tudo ainda por se fazer. Agiam como se não trouxessem na alma as sevícias que Castela, a nobreza local, de conduta feudal, o clero dominador, impingiram outrora a Galícia. Nunca detectei no avô Daniel, ou em seus filhos, sinais de servidão.

Livre assim de tantas sanções que me poderiam ter aplicado, não vivi sob o signo de normas intransigentes, que adestrassem a imaginação ou me cortassem as asas, fazendo de mim uma mulher híbrida, incapaz de amar a pátria minha e a dos ancestrais. Ou olhar Espanha com ressentimento por haver expulsado de suas aldeias o meu povo. Quando se deu o contrário, desfrutei destas duas culturas com acentuada exaltação.

Graças a esta discreta liberdade, sucumbi às diferentes formas de arte. Passei a exercer a linguagem do cotidiano, que circulava pela casa, com destemor. E, embalada pela promessa de visitar um dia Espanha, as narrativas familiares me iam preparando para a viagem que afinal se realizou.

Já na casa da avó Isolina, na aldeia de Borela, convivi com a natureza galega. Comunguei com o mundo arcaico, com a poesia de Martín Codax, de Rosalía de Castro, com o castelhano de Cervantes. A matéria sobretudo da raça humana que forneceu subsídios à memória infantil que guardara, até então, as ocorrências brasileiras, e agora acomodara-se para receber o impacto das emoções provindas daquele

UMA FURTIVA LÁGRIMA

outro universo. Como se eu tivesse nascido de novo. O que me obrigava a reverenciar, ainda hoje, o fardo de tantas lembranças, e o júbilo provocado por uma viagem iniciática.

Foi este tempo espanhol que se prolongou por quase dois anos, graças ao qual carrego nas costas um outro lar, além do Brasil. Como se não fora suficiente para minha vocação de escritora contar com uma pátria como meu país, passasse agora a responder pelos desvarios de tantas heranças. Sujeita, portanto, a uma fome pela vida que surgira desde a mais tenra idade, quando exigia um caudal de acertos e desconcertos, de histórias vividas por Cleópatra, Semíramis, por Aníbal e seus infelizes elefantes.

Esta temporada em Espanha, com esporádicas visitas a Portugal, quase sempre vivida em Borela, Cotobade, na casa da avó Isolina, propiciou-me uma comunhão com a natureza galega, com o mundo ancestral, como se eu fora uma druida celta prostrada em adoração diante das árvores. Sentia-me o mitológico Atlas a reter a esfera da terra nas mãos, enquanto absorvia, destemida, a geografia, o campo e a montanha, as lendas, as bruxarias, as línguas galega e castelhana, as festas de verão, os cheiros, a comida, os costumes locais, o substrato enfim da grei de que me originara.

NÉLIDA PIÑON

Participar intensamente da glória e da mesqui-
nharia de todos, das cerimônias sigilosas, fazia-me
sentir que fora condenada a viver com intensidade.
Como consequência tentada a inventar o país da
família, a que eu chegara em novembro, cercada por
uma cultura sem desperdício. E todos estes modestos fenômenos ocorrendo justo no meu corpo que
desabrochava, ninguém via ou sabia, só eu com o
propósito de vir a contar no futuro.

SAPATINHO VERMELHO

Sou cidadã da miséria e da esperança. Mal desperto e o cotidiano me assola ou me distrai. Quer abolir o essencial. Sem me dar tempo de identificar acertos e desacertos, de aderir às virtudes de outrora, de memorizar certos fatos.

Quando jovem, em Monte Carlo, debrucei-me do baluarte da ponte do cassino sob a qual passava o trem. Por tradição o local atraía no passado visitantes desesperados que, em seguida à perda de suas fortunas na roleta, recorriam ao suicídio. Outros faziam o mesmo por diversas razões. À época maltratou-me a sensibilidade recordar Moira Shearer, no papel de bailarina do filme *Os sapatinhos vermelhos*, a lançar-se, justo onde eu me encontrava, nos trilhos do trem vindo em alta velocidade.

No enredo, por razão que não me lembro, ela fora condenada a jamais retirar dos pés as sapatilhas vermelhas que, uma vez postas, a obrigariam a dançar sem trégua, sem mínimo repouso. Uma maldição que a levou à exaustão física e psicológica. Assim, com os nervos em frangalhos, restou-lhe atirar-se aos trilhos em busca de alívio.

Acompanhavam-me a mãe e Tiazinha, que, dispersas, percorriam os salões iluminados do cassino atraídas pelos lustres de cristal, enquanto eu, sem me mover, seguia as faces tensas e contraídas dos jogadores diante da roleta, comandada pelo *croupier*, na expectativa de quebrar a banca. Tão próxima deles, recolhia as manifestações de um desespero insolúvel. Já havia lido *O jogador*, de Dostoievski, e me contagiara com um saber trágico aplicado, nesta ocasião, na existência da mesa verde onde as fichas rolavam.

A paixão estampada nos homens e mulheres elegantemente vestidos constituía uma curiosidade que me desconsertava. Mesmo amparada no poder narrativo do escritor russo, que fora didático, o feitiço que impulsionara a bailarina e os jogadores para o abismo deixava-me desarvorada. Incapaz de entender o que havia no subsolo humano, mais forte que a vida, a sanidade mental, a honra. Era acaso a busca do dinheiro, da glória, da confirmação de que a vida, sendo tênue, valia desafiá-la?

UMA FURTIVA LÁGRIMA

Indiferentes à minha mirada, ou ao meu corpo jovem que não lhes despertava a sexualidade, os jogadores prosseguiam com a mesma devoção que Dostoievski fixou, com rara maestria, em seu personagem. Ainda agora indago se também sou vítima da paixão da escrita que derrama larva de fogo em meu trajeto. Se seria capaz de arriscar valores como honra e dinheiro a fim de assegurar uma maléfica felicidade encravada no centro do inferno humano. Pergunto-me o que de fato teria me impedido de praticar loucuras. Se estaria disposta a pagar tributo a esta mesma felicidade sem saber como ela seria? E onde escondi as fraquezas que me teriam levado ao desatino, a lançar-me sobre os trilhos do trem à procura da arte, dos manuscritos cujas páginas giravam soltas na roleta do cassino de Monte Carlo. O que teria significado o meu apego à vida?

Estas considerações não me fazem bem. Convém interromper o sonho e o pesadelo, as matérias corrosivas que o cassino de Monte Carlo me evoca. E retornar afinal ao Brasil a fim de reduzir a margem dos meus erros. Mas desconfio que tal propósito de nada serve. O perigo está no que existe em torno e não vejo, capaz de contagiar a minha existência. Talvez valha aguardar que o ás de ouro escondido nas mãos do *croupier* de Monte Carlo indique-me um porvir piedoso.

RESUMO

Em uma frase tento resumir quem sou, o que penso quando crio. O amontoado de frases, à beira de compor um livro, realça uma memória literária que espelha leituras, ajuizamentos, analogias. Certa matéria-prima a que me atrelo, mas de que me acautelo por conselho da imaginação. Segundo ela, convém criar sem defesa, sem razão, desamparada. De preferência regida pela insensatez.

Os conselhos, porém, emitidos pela minha vã filosofia de nada servem. Minha carne é indefesa e tende a desgovernar-se. Desde cedo assombrei-me com a existência dos mitos que afloraram de todas as civilizações. Amei-os desde as primeiras leituras. Parecia-me natural convocá-los a virem à minha casa, participariam do festim de um lar galego. Na mesa posta sempre havia lugar para mais um.

UMA FURTIVA LÁGRIMA

E, com igual teor persuasivo, vigiei os funâmbulos, os andarilhos, os juglares, incorporando-os à arte de fabular. Viajantes em geral iam a pé pela Europa pregando doutrinas, heresias, disseminando apostasias, o novo que emergia. Como Erasmo de Rotterdam, Maimônides, que talvez fugissem dos recintos nauseabundos onde as ideias não se arejavam. Ainda que na solidão do descampado, sob o firmamento, sujeitavam-se à ganância dos assaltantes. A leitura fomentou meu apreço por tais jornadas medievas. Eu imaginava o que eles não diziam. Dava rumo aos seus secretos corações. Estes exercícios, destituídos de doutrina, de vínculos com família e pátria, estimulavam a escrita. Não me obrigavam a antecipar meus sonhos, a confessá-los. A única promessa a cumprir dizia respeito à literatura.

Conquanto alimentasse insaciável curiosidade, por tradição herdada da mãe, ainda hoje esquivo-me de perguntas indiscretas. E admiro quem me questiona com sutileza, dando-me margem a ser vaga e imaginativa, sem responder. O diálogo de fímbrias secretas irradia verdades latentes.

Embora agora escriba experiente, sou premida pelos filmes que excedem os limites da realidade razoável. Os excessos da imaginação, seus descalabros, me exaltam. Posso abolir qualquer lógica desde que o instinto de sobrevivência do herói, posto à prova diante do perigo, pergunte-me se estou feliz com os resultados obtidos. Deste modo acumulo lendas, narrativas, ganho o dom da ubiquidade para narrar. A habilidade de homiziar-me onde o verbo se encontra. De abrir a porta da casa para os personagens se instalarem em meus coxins, sob a promessa minha de não lhes fazer dano com meu texto.

Não lhes peço rendição. Aos amigos tampouco. Embora devessem eles levar em consideração quem sou. Alguém que abdicou da existência folgada para criar vínculos com estéticas sufocantes, e que aceitou as garras abusivas da consciência moral que me perturba a cada manhã.

E o que mais fiquei de dizer e a vida me distraiu?

PALAVRAS AO VENTO

Nascida no Rio de Janeiro, na zona norte, no século XX, aventurei-me a viver desde a infância épocas pretéritas, fundacionais. Assim abandonava um século em prol de outro. Neles me abrigava atraída por suas narrativas. Era como se fora uma peregrina, uma funâmbula, uma caminhante do medievo. Foram os saberes e a imaginação que me distanciaram das paredes da casa. Menina, sonhei em jamais dormir uma segunda noite sob o mesmo teto. Um mote que mantenho hoje escudada pela imaginação. Também queria ser simples anônima, sem perder, porém, minha identidade.

Alentava forjar em mim vidas diversas que enfeitiçassem. Via-me cercada de heróis, de seres magníficos, Hermes atraía-me em especial por conta do seu capacete que o tornava invisível tão logo posto. Desta forma podendo instalar-me em qualquer vizinhança e frequentar a realidade alheia que cobiçava a fim de ser mil pessoas ao mesmo tempo.

O SÉCULO XVI

O século XVI é da minha estima. Proclamou as noções do individualismo, a existência da América e consolidou o conceito de nação. Convenceu-nos de que o sentimento do trabalho, como hoje o conhecemos, emergiu do mundo protestante, então recém-inaugurado, a despeito do desgosto de Carlos V e de Roma, que vendia indulgências aos crédulos.

Os filhos de Lutero, de apurado rigor teológico, credenciaram-se na defesa de uma nova ordem em que o trabalho despontava com irrecusável valor moral. Porque enquanto fundavam os alicerces de um capitalismo crescente, os católicos, havendo perdido metade da Europa como consequência das desavenças religiosas e do recolhimento de Carlos V a Yuste, acreditavam que o trabalho braçal constituía um ato desprezível, a ser praticado pelas classes populares. Ao povo cabiam as tarefas incompatíveis com a elite.

Tal conceito, levado às últimas consequências pelo implacável Concílio de Trento, impulsionou portugueses e espanhóis, cujos modelos sociais herdamos nós, brasileiros, ao ostensivo repúdio pela força de trabalho, à tardia adoção de práticas igualitárias, à preservação de valores escravocratas.

Assim, certas classes sociais de alguns países europeus, sob imposição parasitária, refugiavam-se na corte, ou em suas imediações, junto à burocracia ascendente, no dramático afã de prosperar. Uma ambição que, para se concretizar, cobrava a utilização de ardis. Havia que desenvolver ao máximo a arte da dissimulação, esconder os sinais da decadência, fazer crer aos demais que a fortuna ainda lhes sorria, não lhes faltavam condições para conviver com a nobreza e merecer as distinções repartidas pelo rei.

Era comum o fidalgo arruinado, quase faminto, lambuzar os cabelos e a barba com farelos de pão dormido, antes de deixar a casa em busca da fortuna. Certo de convencer os demais de que se originava ele de uma casa abastada, prova é que recém se entretivera com uma refeição faustosa. Assim, sujo e amarfanhado, observado por todos, tornava-se

UMA FURTIVA LÁGRIMA

objeto da inveja alheia. Indícios claros de frequentar os salões daqueles nobres que, conquanto não trabalhassem, desfrutavam das benesses produzidas pelos serviçais.

Enquanto os protestantes enalteciam o trabalho, tornando-se mentores e donos do capitalismo, dos meios de produção, os católicos, filhos do atraso imposto pela Contrarreforma, atrasavam o seu ingresso a um futuro tendente a apurar as injustiças sociais e dar-lhes uma redenção moral.

A MEDIDA DO LAR

O lar é insuficiente. Convém abandonar os limites espasmódicos do cotidiano. Viajar como quem sai da sua cidade e visita por milagre o medievo, o ápice do gótico, as instâncias civilizatórias sem as quais o cérebro é pétreo.

Após tal empreitada, retornar à casa com novo aprumo. A exibir hábitos relaxados e elegantes ao mesmo tempo. Capaz de praguejar, de beber cerveja tíbia, de cair em pranto como lhe ocorreu ao cruzar as portas da catedral de Sevilha, de aplaudir o flamenco que talvez João Cabral, homem peculiar, que odiava música, tivesse amado, de acenar para a bandeira brasileira, uma novidade que fere o ceticismo de tantos, de escrever em um bilhete do metrô francês uma jura de amor que deslizou na caixa de saída.

UMA FURTIVA LÁGRIMA

Como tenha esta figura agido, talvez aprendeu que sem o outro não passa de um vagabundo ordinário, sem eira e beira, fora dos trâmites civilizados, incapaz de contribuir para a grandeza dos seus pares, inclusive para o filho a ponto de nascer. Certamente ao bater à porta da casa, por ter perdido a chave, e de se julgar indigno de pedir uma cópia, sobretudo porque durante meses não dera notícias à mulher prenhe e à própria mãe. Só que, ao ser acolhido como se jamais tivesse se ausentado, portanto sem alvoroço amoroso, ele jogou sobre a mesa de jantar, enfeitada com uma penca de bananas brasileiras, o regalo que a família esperou um dia receber, e tardou tanto: um repertório de maravilhas que o credenciava a reparti-las entre os familiares carentes dos saberes que faziam dele um novo homem.

Cada viagem impulsiona o indivíduo a crescer.

AS SOLAS GASTAS

Contudo prossigo, arranho as ruas com as solas gastas e apago os dizeres maléficos postados nos prédios abandonados. Esta é a imagem que me ocorre quando penso que em breve o caminhante falece e tudo prossegue como se ele seguisse vivo. Mas estou alerta, o corpo resiste aos embates. Tenho fome, a que acometia Gravetinho, quando pousava em mim seus olhos abertos, reclamando a comida, afinal era hora do seu almoço, e eu me enternecia como se a existência dele justificasse a minha. E com esta declaração recordo o dia em que Carlos Heitor Cony, na ABL, confessou, emocionado, jamais haver amado alguém tanto como a Mila, sua cachorra amiga, e que ninguém o amara como ela.

UMA FURTIVA LÁGRIMA

Decidi instalar-me no Paladino, cujos sanduíches restauram as forças. Aproveitei para comprar o queijo Reno, cujo invólucro é uma lata inexpugnável que resiste ao abridor moderno. Aliás, em certa viagem a Barcelona, regalei os amigos com este Reno, aplaudido por todos. Só meses depois dei-me conta do fato de que nenhum amigo, durante a minha ausência, lograra abrir a lata, desvendar o segredo contido nela. De volta à península Ibérica, lastimando meu fracasso, insisti com o Reno. Desta vez, com dez queijos na mala como presente, e ainda com igual número de abridores tradicionais, modestos, os únicos capazes de derrubar as muralhas de Jericó que protegem o queijo.

Carmen e Lluís exultaram. Finalmente puderam degustar, após longa espera, do queijo brasileiro de que eu falava com genuíno fervor.

AO PÉ DO LUME

Como todos, sou, inteira, um espetáculo. O pano de fundo do meu teatro que detalha minhas características. Neste palco, onde as ripas rangem, encontro-me contente entre acertos e fracassos. Meus preciosos bens. Os que deixarei de legado.

A PRIMEIRA VIDA

A vida não era então como eu a via, o que se deixava tocar, o que me instruía. Não correspondia às fantasias que ali e acolá eu recolhia grata. Seu arcabouço ia além do previsto, do visível a olho nu, ao tato simples. As lembranças surgem nesta minha maturidade, e logo se eclipsam. Estou às vésperas da despedida, ou da capitulação final. Comovo-me quando certas memórias batem à porta, ocupo-me delas, mas logo dedico-me a outros afazeres.

As quintas-feiras e domingos eram dias felizes. Liberadas pela minha mãe, Teresa, irmã do pai pelo lado paterno, e eu recebíamos no coração as emoções geradas pelo cinema e o teatro. Íamos cruzar a fronteira da casa para sermos recebidos por reis, princesas, assaltantes, assassinos, amantes apaixonados, que envergavam trajes de gala e andrajos, segundo as diretrizes da história que o autor determinara. Não era fácil, contudo, alterar o ritmo da casa, receber o bafo que vinha de longe. Como de *Robin Hood*, de *Winnetou*, de *Hamlet*, que vi menina graças à benevolência de Pascoal Carlos Magno, que permitiu meu ingresso no teatro a despeito da minha idade. Dos países que filmavam ou encenavam a vida.

Por ser praticamente dia santo, de comemoração, segundo aonde íamos, havia lanche na Americana, bem no centro da Cinelândia. Em geral constituído de sorvete de bolas coloridas, de waffle, dividido pelas duas meninas, inundado de manteiga oriunda de uma vaca ainda a pastar na relva de São Lourenço. Tudo nos causando um frêmito que correspondia à montanha-russa. Ou ao efeito do espinafre ingerido pelo marinheiro Popeye, pretendente de Olívia Palito.

Devido à liberalidade da mãe nos domingos, comprávamos na estreita bombonière da rua Álvaro Alvim, antes de assistirmos à orquestra sinfônica no monumental teatro ao lado, balas de damasco com as quais sonho até hoje, que desmanchavam na boca.

Empenhados os pais em investir na minha educação, frequentei o teatro dramático e de comédia a partir dos 9 anos. No palco, em geral do teatro

UMA FURTIVA LÁGRIMA

Serrador, na rua Senador Dantas, eu via em carne e osso, em papéis nem sempre compatíveis com seus seres, gerando em mim o sentido da ilusão, Dulcina, Odilon, Alda Garrido, Eva Tudor, Procópio, Dercy Gonçalves. Como amei os pais que me ensejaram dar o passo seguinte e ingressar no templo da arte, que era o Theatro Municipal, onde vivi, não de migalhas, mas de tormentosas e auspiciosas sensações que se alternavam sem eu dar licença. O território onde eu podia ser, de repente, um pigmeu ou um gigante. Enquanto aprendia aos poucos que o mundo da arte, conquanto comporte arbitrariedade, era revolucionário, trazia, por milagre, o mundo para o cenário. E a medalha da grandeza provinda do talento humano. Assim o Theatro Municipal converteu-se, como repito sempre, no segundo lar. Eu devagar intuía que as dimensões daquele palco expulsavam o que fugisse do humano, para se aconchegar e dar expressão ao que legitimasse o homem. Unicamente subsistiria sobre suas tábuas — em meio ao triunfo, às aventuras, aos sentimentos, à ambiguidade, aos enigmas da entidade teatro, profana e sagrada, portadora da voz coletiva — o que se ajustasse à sua grandeza. Afinal, como duvidar dos preciosos registros que a voz humana emite, em cuja estridência e reverberação subjazem a poesia do texto e o contrário do seu enunciado? Pois quando o ator deflagrava a matéria-prima pela qual respondia, sua voz reconstituía o sonho, o desejo, a ambição, a luxúria, o sangue derramado.

Naquela casa mágica, com boca de cena gigante, que me engolia a cabeça e as lágrimas, eu sorvia um viver sem cobrança, recibos, promissórias. Uma liberdade sem freio ou estigma, que dispensava palavras. Era o tempo da colheita farta, de acumulações. Não tinha por que provar do pão ázimo, ser sacrificada como Ifigênia pelo próprio pai, Agamemnon.

ÁRTEMIS

Atrai-me a carga simbólica que se concentra em Ártemis. Ela é, ainda hoje, uma presença anunciada. Cercada de rasgos e funções míticas, a deusa, irmã de Apolo, vigora-se na trajetória grega. Tida como caçadora, que sobretudo protege os animais a serviço do seu templo, imiscuía-se igualmente nos assuntos banais do cotidiano. Como tomar a si a educação das donzelas nobres entregues aos seus cuidados. Por meio de convívio diário, ela lhes impunha preceitos, severa disciplina, espírito de obediência, quebrando-lhes qualquer rebeldia caso existente nas almas juvenis. Agia como se fora precursora das ordens religiosas medievais, de cujo código não se podia desviar em qualquer circunstância. E o fazia com o deliberado propósito de prepará-las para a vida conjugal que nada teria de amena.

NÉLIDA PIÑON

Entregues ao seu domínio, as jovens, fragilizadas pela ausência dos familiares, deixavam-se facilmente moldar pela deusa. Crédulas, sensíveis, dúcteis, atendiam aos seus rigorosos ensinamentos como se eles se originassem, além de Ártemis, também de Zeus e de seu conjunto de deificados subordinados. A deusa jamais aceitava contestação. Ouvia eventuais confidências, clamores cíclicos da parte das meninas, mas logo sufocava mínimas rebeldias, dúvidas, raras melancolias. Havia que pôr em marcha uma pedagogia que tinha por fim domesticá-las.

Como deusa, que tudo previa, conhecia os elementos selvagens que habitavam a mulher e que lhe cabia exorcizar para garantir a ordem social. Para tanto adotava medidas extremas, como lhes sacrificar os cabelos com um corte quase rente ao couro cabeludo, com o propósito de lhes desfigurar a beleza antes de devolvê-las à urbe.

Um quadro em vivo contraste com os esposos, cuja cabeleira hirsuta, semelhante ao galheiro de um animal de irradiante opulência, impunha sobre as nubentes uma firmeza provinda de uma estética autoritária. Entregues elas a um lar no qual imperavam maridos de músculos expostos, assustadores, que evitavam suavizar uma situação penosa para as esposas. Mas assim sabia-se que, havendo estado estas

UMA FURTIVA LÁGRIMA

jovens sob a guarda de Ártemis, estavam aptas para a obediência conjugal.

Cedo acerquei-me da figura de Ártemis, empenhada em qualificar como exercia ela seu poder em meio a tantos deuses. Era ela uma natureza incisiva julgando os homens, não os poupava. Punia sem piedade quem a desafiasse. Agamemnon, por exemplo, chefe da frota grega a caminho de Troia, sofreu o peso de sua vingança. Ancorado ele na praia, impedido de prosseguir pela ausência de mínima brisa, foi surpreendido com a notícia de que alguns de seus homens haviam matado um cervo do templo de Ártemis.

A deusa, ao tomar conhecimento da desfeita, exigiu imediata reparação. E, caso não fosse atendida, as embarcações gregas encalhariam na areia, impedidas de prosseguir viagem. Desesperado, Agamemnon pediu-lhe perdão, disposto a lhe fazer as oferendas necessárias. Sem imaginar que a deusa acederia mediante o sacrifício da filha Ifigênia na ara do seu templo.

A despeito das súplicas da mulher, Clitemnestra, o rei, temeroso de não cumprir o destino glorioso que o aguardava em Troia, e não ingressar na Ilíada, de Homero, cedeu a filha à deusa. Sem saber que a esposa, anos depois, em Micenas, após seu retorno da guerra, com a ajuda do amante Egito, mataria o rei e a princesa Cassandra, que fazia parte dos despojos da derrota troiana.

A envergadura mítica de Ártemis segue sendo um enigma. Iguala-se, em dimensão, ao irmão, Apolo, senhor de Delfos. Diferente de qualquer outra deusa, sua figura enseja invenções e mentiras narrativas. A ponto de seguirmos indagando quem foi a mulher atrás da entidade. E quem se equivaleria a ela em nossos dias?

NA PLANÍCIE

Cedo amei as artes que me tirassem da modéstia do lar e me lançassem, por exemplo, às planícies registradas nos filmes ou nos livros. Nestes descampados dos western, vizinhos das Montanhas Rochosas, eu me via cavalgando às vezes ao lado de um Mountain Man que jamais pusera os pés em uma zona urbana. Com ele, ou sozinha, fortificada pela imaginação, convivia com aflições, com escaramuças inimigas, sempre sujeita a riscos que flagelavam meu coração. A vida, contudo, em meio ao que inventava, discorria enquanto o vento e o assombro de diferentes episódios me assopravam lições de estética.

Naqueles cenários épicos eu ganhava um salvo--conduto mediante o qual desfazia-me das correntes, era livre. Livre para escolher o que queria, ou a quem estimar. Foi fácil amar o personagem Winnetou, o nobre chefe apache, concebido pelo escritor alemão Karl May. Um ser emblemático, coroado de excelsas virtudes e cuja morte, em um dos volumes presenteados pelo pai, chorei, e quase me pus de luto.

Dele, porém, herdei um princípio que me tornou audaciosa na arte de escrever. Quando ele, instado pelo parceiro Old Shatterhand, deixou seu cavalo e pôs o ouvido na terra para detalhar onde estariam os inimigos que há muito perseguiam. Depois de longo tempo perscrutando a distância que os separava dos facínoras, refletiu qual a montaria dos homens à frente, para afinal concluir que a um deles faltava o braço, e justamente o esquerdo, e isto porque sua pegada, no chão, do lado esquerdo, era irregular.

Esta antevisão do mundo, que induziu Winnetou a se arriscar em sua análise, a inventar versões inauditas da realidade, ensinou-me que também eu devia igualar os seus feitos. Não ser a guerreira com revólver, mas desafiar o verbo, atribuir à imaginação uma dimensão alargada, atrelar-me a que fantasia fosse, o que estivesse ou não ao meu alcance. Afinal a verossimilhança é mera coincidência.

PROVA DE AMOR

Narrar é prova de amor. O amor cobra declarações, testemunho do que sente. Fala da desesperada medida humana. Como amar sem os vizinhos saberem? Sem tornar pública a paixão que alberga os corpos na penumbra do quarto? A partir da escrita tornaram-se valiosas as confidências humanas. E ampliou-se o horizonte verbal, estabelecendo-se correspondência entre o afetivo, o conceitual e as palavras. A fim de verbo e sentimentos não extraviarem de suas representações.

A escrita abraça o drama e o que a máscara resguarda. Assegura o papel de desvendar o real, de subvertê-lo ao longo da narração. Não lhe sendo lícito esquivar-se do que equivale à trama.

A tarefa da arte narrativa, além de avaliar o que foi pretérito e hoje é presente, perpetua a fala da alma, restaura a crença no que há por trás da harmonia e da discórdia.

Apalpo o papel onde a escrita se homizia e me comovo. Estarei eu em suas linhas? Tento, então, aferir a eficácia moral da narrativa ora em curso. Questiono se o relato merece sobreviver, se encarna o anseio da liberdade.

LÁ ESTAVAM AS LINHAS
DO HORIZONTE

A cada travessia atlântica um alvoroço afetava as noções que eu tinha da história. Confundia o porto onde desembarcasse com a paisagem que tinha na fantasia. Certa vez, estando em Cádiz, prestes a regressarmos ao Brasil após quase dois anos na península Ibérica, imergi em um grande desamparo. Sentia a tristeza de afastar-me dos amigos galegos que talvez não voltasse a ver. Consolava-me consumindo horas em lhes escrever, tentando expressar saudades nos cartões que estampavam as belezas de Cádiz. Temia sinceramente que esquecessem aquela brasileira que fora tão feliz naquelas terras. Foi quando tive a sensação de que viajar era mais que conhecer o mundo, era uma prática a ensejar que eu me conhecesse nos limites possíveis.

Muitos anos depois, já adulta, seduzida pelo Egeu à minha frente, tive a sensação de me haver transladado não para a Grécia, mas para o epicentro do mundo. Aquela extensa península do Peloponeso a que chegara por força do meu apreço pelas histórias que lia, amava, e segui amando. Em que desembarcava em meio ao tumulto de pacotes, gente, gritos em grego, no afã de chegar a Olímpia, que tinha em mente. Para tanto, subi no ônibus modesto, em cujos assentos misturavam-se camponeses e bichos de pena e de pata, cada qual expressando seu desconforto com grunhidos.

A Grécia à vista, contudo, negava-se a ser reconhecida pelo que eu sabia dela. Não encontrava nela, até o momento, em meio ao barulho do motor e dos animais, os meus heróis e pensadores, embora aplaudisse a beleza da paisagem.

Eu não passava de uma turista inconsistente, que reclamava sem propiciar ao país que pronunciasse quem ele era. Aquela Grécia que eu absorvera nas páginas dos livros, guiada pelos saberes que acumulara e pela imaginação capaz de subverter o estabelecido. O território que a civilização ocidental postulava como seu.

Já em Olímpia, disposta a correr os cem metros clássicos, ou participar do lançamento de disco, ou o

UMA FURTIVA LÁGRIMA

que mais a arrogância pretendesse, senti inesperado sobressalto. Não conseguia entender como o calor escaldante que sentia, propício à indolência, a se refugiar à sombra de uma árvore de copa frondosa, e ali deixar a tarde cair, alentara o surgimento de gênios cujo legado fundacional municiara as bases do pensamento da humanidade.

Sem resposta aos meus devaneios, envolveu-me de repente o bafejo de inesperada brisa, suave e ao mesmo tempo intensa, um frescor jamais sentido antes. Seus efeitos, tão velozes, agiam no meu cérebro despertando os pensamentos antes adormecidos, desencadeando ideias, imagens, analogias finas e grosseiras alternativamente, formando frases com lógica e pendor literário. Como se, graças à benemerência dos deuses, eu fosse possuída pela essência do poético.

O peito me doeu. Não estava preparada para descobrir a chave original do pensamento grego. Terem esses alcançado a perfeição graças a um fator climático. Se eu própria, modesta escritora brasileira, beneficiava-me com uma brisa capaz de disparar meus neurônios, de verbalizar sem qualquer freio, de erguer catedrais do pensamento, havia que agradecer aos moradores do Olimpo tal distinção. Como fui feliz na Grécia!

SOU MULHER BRASILEIRA

Sou mulher, brasileira, escritora, cosmopolita, aldeã, criatura de todas as partes, de todos os portos.

Onde me encontre, tendo a aprontar o mundo ao meu jeito, e obrigo ao seu mistério que me faça feliz. Sobretudo garanta-me a esperança de não morrer nesta noite.

Gosto de viver, de desfrutar das manhãs, das tardes, das noites, e ainda das madrugadas. A vida que palpita em torno diz-me respeito, contribuo para não ser ela acanhada. Afinal, desde a infância, dou relevo ao sagrado e ao profano do existente. E mereço. Todos nós.

Portanto sou sociável, diria mundana. Aceito o pão e o vinho do amigo. Sinto estar sendo conduzida pelos deuses para confrontar-me com o afeto,

UMA FURTIVA LÁGRIMA

a euforia, o brinde, o ovo frito montado sobre o arroz branco. E o que mais pedir para me sentir querida? Senão evitar a melancolia que emerge do pântano e tem canto de sereia. E dificulta o prazer de encontrar-me.

AMULETO

Vamos supor que a literatura, as pessoas, os saberes, a música, as artes são amuletos preciosos. Amuleto também, e amado, é o meu cachorrinho, conhecido como Gravetinho, pura alegria para mim.

Rio com ele e fascina-me a sua percepção das coisas e dos seres.

CARTA À LYGIA

Pensei comprar um espelho veneziano que vi em certo antiquário para lhe regalar. Você, como Clarice, consulta o espelho com prazerosa frequência. A moldura do cristal bisotê nas extremidades, que realçava a limpidez do cristal, reporta-me às gôndolas, aos bailes a fantasia de Veneza, cujas máscaras estimulavam nos amantes a libido desenfreada.

Não sei por que os espelhos me provocam esta sensação. Penso logo nos esbirros da Ponte dos Suspiros que se observavam no cristal antes de encetar a jornada que os obrigava a cumprir o sagrado acordo de matar o inimigo da República.

Não sou quem associa ambas as escritoras amigas a Narciso, como contraponto ao feitiço especular. Ledo engano, doce amiga, quem pensa que os vossos graciosos gestos indicam uma vaidade sem controle, ou que buscam confirmar a beleza que ninguém lhes nega.

Indago como ocorreu a Perseu apelar para o espelho como único meio de enfrentar a fúria da Medusa, aquela Górgona que ao simples cruzar de uma mirada convertia o adversário em pedra. Desse modo, para se tornar um herói clássico, evitando o feitiço da Górgona, cortar-lhe a cabeça.

Asseguro, amiga, que se contemplar ao espelho, sem dúvida gesto eloquente, não constitui em seu caso perigo à vista. Você está a salvo, assim como o seu admirável talento. E mais ainda sua alma, igualmente nobre, que paira sobre as desavenças do mundo. No caso seu e de Clarice, o cristal serve para confirmar virtudes à vista de todos.

Talvez queira saber por que, afinal, pensei em oferecer-lhe um espelho, e não sei responder.

Lygia, já acabaram as vitaminas? Fale-me, para eu providenciar, enviar-lhe mais.

MINHAS QUIMERAS

A família sempre nutriu minhas quimeras. E cedo aprendi não ser o Brasil meu único lar. Isto porque fui pautada pela melancolia da minha grei que, mesmo nos dias festivos, padecia da ausência de Galícia, de onde procedera.

Em meio às brincadeiras, eu detectava nos avós Amada e Daniel, e no pai Lino, uma carência resultante da perda da pátria esmaecida no horizonte. Como se lhes faltassem no pátio da casa construída pelo avô na rua Dona Maria as notas musicais oriundas da gaita de foles que cruzava o céu das aldeias galegas. Aprendi com eles a dor de vir eu um dia perder o Brasil.

Medi então a importância da família, que eu queria eterna, incapaz de me abandonar no futuro. Pois exigia seu amparo para crescer sólida, senhora da pródiga memória que aos poucos eles me iam transferindo. Aspirava a um lar que me cedesse a chave da liberdade e as fundações do Brasil.

Cresci, pois, engolfada nas tradições que emanavam dos livros que transitavam por minha imaginação, enquanto a mãe me introduzia ao mundo teatral. Ainda ao balé, à ópera, à música, estas artes apreendidas no Theatro Municipal, que eu frequentava com assiduidade. Aquele proscênio mágico ensinou-me a repartir meu tempo entre o poder da arte, da literatura, da vida familiar e a atração pelo amor. Sempre sob os auspícios da imaginação capaz de me projetar igualmente para o passado e para o domingo seguinte.

Inquieta pela trajetória do mundo, esmerava-me em visitar diversos séculos. Lia com afinco jornais e revistas. O pai abrira uma conta na Livraria Freitas Bastos sem desconfiar das minhas escolhas, nunca me fiscalizou. Era um homem galante, ficava horas em pé encostado no poste da esquina da avenida Rio Branco com Almirante Barroso, aguardando que a filha, entretida com a ópera, saísse do Theatro, sem reclamar de eventual atraso. Só perguntava: "Gostou, filha?"

Cabia à mãe convocar-me para a realidade. Conquanto me disciplinasse nos mínimos detalhes, dava-

UMA FURTIVA LÁGRIMA

-me seguidas provas de seu profundo amor. De certa feita assegurou-me ser uma menina inteligente, mas que falava mal. E, diante do meu espanto, esclareceu que falar bem era tornar visível para os demais o que eu pensava. E a uma amiga que a criticou por me levar menina aos museus onde se viam nus artísticos, ela reagiu: a filha devia olhar o mundo sem preconceito.

Enquanto absorvia as regras do cotidiano, eu escrevia histórias precariamente ilustradas, cujas folhas, após costurá-las, dando-lhes aspecto de jornalzinho, vendia ao pai. Aos poucos exercia o precoce ofício de escritora, cobrando ao mesmo tempo meus direitos autorais.

Ainda em Botafogo, na rua Dona Mariana, em um cantinho do quintal, quase perto do tanque, sentada à escrivaninha que a mãe me regalara, junto com o quadro-negro, para me dar a ilusão de dispor de um escritório, fazia os deveres escolares ouvindo na rádio Mozart, Beethoven, Wagner, Verdi. Nos livros de arte embevecia-me com Velázquez, Vermeer. Enfim um caleidoscópio que ainda hoje impulsiona meu trânsito pelas artes.

Como dizer a eles, Carmen e Lino, que também olho o mundo com seus olhos, e que agora, que já não estão mais aqui, cabe-me emprestar-lhes os meus.

ELEONOR E CARLOS

Acompanhei passo a passo as vidas de Carlos V, imperador do Sacro Império, e de Eleonor de Aquitânia, também dona de um trono, ambos figuras soberbas. Cada qual, distanciado do outro, a projetar sua sombra sobre seu século, não me dando razão de uni-los. No entanto não sei por que eu os junto no coração como se pudessem formar um par perfeito. Conquanto seja sabido que cada qual refulgiu no seu pedaço de história. Sobretudo por pouco tendo a ver um com o outro, exceto pela alta linhagem, não poderia eu jamais uni-los no mesmo leito ou trono.

Li muito a respeito de seus feitos, ainda hoje enfeitam a imaginação e as prateleiras da casa. Guardo seus livros e sua iconografia. Certos títulos pecam atribuindo-lhes fatos inverossímeis, outros lhes sub-

UMA FURTIVA LÁGRIMA

traem pedaços indispensáveis de seus percursos. Seus autores forçam por destacar aspectos sexuais, como é o caso de Eleonor de Aquitânia, ou um pudor duvidoso da parte do poderoso imperador. Enfim, esses historiadores, seduzidos pela grandeza de seus personagens, compactuam com seus excessos. Como se lhes coubesse arrancar estes dois seres excepcionais dos séculos em que viveram, a fim de ajustá-los a qualquer outro período mais adequado a eles. Assim lançando-os ao domínio do atemporal, como ambicionam os grandes personagens.

Tenho a presunção de saber um pouco de cada qual. E como quem narra, também não os contextualizo à perfeição. Faço-os perambular por qualquer página da história. Afinal eles fomentam a desesperada necessidade que tenho de me emocionar, de não prescindir dos sinais que me chegam por meio de mortos como eles.

Disponho de cadernos em que anotei seus ensinamentos, como se pretendesse ascender ao trono que lhes pertencia. Ou como se tivesse em mira um dia descrever suas moradas interiores, título aliás de um dos livros de Teresa de Jesus, a santa heroica de Ávila.

Como já contei, em visita ao monastério de Yuste, recolhi os murmúrios derradeiros de Carlos V, imperador do século XVI. Também me imaginei visitando os castelos de Eleonor, duquesa de Aquitânia por direito próprio. Aqueles castelos seus tidos por herança, e ainda os pertencentes aos Capetos e os Plantagenetas, seus por matrimônio. Em seus salões visualizei Eleonor de Aquitânia, coberta de trajes de brocado, seduzindo reis com seus galardões de rainha. A mulher mais rica e poderosa da Idade Média, e que teria inspirado, muito depois, quem sabe, segundo meus critérios, a abominável Lei Sálica, que significara um cutelo posto sobre a cabeça das mulheres.

Ao longo de minhas ponderações livrescas, sustentadas por temerário engenho, retifiquei aos poucos o que ia sabendo de Eleonor e de Carlos V. Zelei, contudo, para não misturar as reflexões que ambas as criaturas me inspiraram. Induzida sempre pelo empenho de aprofundar-me em suas angústias. Afinal, eles também respondiam pela minha imaginação de escritora.

O ECLESIASTES

A Bíblia me deleita. Seu poder narrativo fustiga o narrador moderno. Seus episódios, em geral implacáveis, realçam aspectos humanos que mais valia desconhecer. Deus, porém, a despeito de dominar tão graves faltas, estimula seu servo a prosseguir, desde que adstrito à obediência. Mas com quem mais Deus contaria, senão nós, para comandar?

A leitura do Eclesiastes prega praticamente que a vaidade esparge estrume pela terra e que advém da preservação da memória. Ela, ao valorizar em excesso os feitos passados e os vindouros, recrudesce a vaidade adormecida. O passado, pois, como se observa, é um bem daninho, leva à jactância. Enquanto a memória obriga-nos a crer que subtraímos do seu secreto casulo o fio com o qual tecer o nosso novelo de lã.

NÉLIDA PIÑON

O descrédito que o Eclesiastes espalha submete a memória aos caprichos das sobras provindas de precárias lembranças. E insinua que, ao havermos sido condenados ao esquecimento, só deixaremos como legado escassos vestígios do que existiu.

Melhor que qualquer brasileiro, Machado de Assis dominou as entrelinhas do Eclesiastes, fonte também do seu pessimismo.

ERAM TÃO FELIZES

E is duas versões conciliadoras do humano. Simples diálogo escatológico captado no albor do medievo, que é uma longa estação nebulosa:

— Eram tão felizes que mijavam ao mesmo tempo — disse alguém.

Ao que o outro, prosseguindo com o diálogo conciso, expressou a miséria do real:

— O que é uma hora cristã?

— Uma hora em que se faz a barba e se começa a cagar. Seguida por orações. As matinas conventuais.

— Ah, já sei. É quando se prega a casta luxúria e se pede ao Cristo uma boa morte.

PANTEÍSTA

À s vezes sou panteísta. Além de acreditar em um deus com o dom da ubiquidade, acato outros que se conciliam com a minha trêfega imaginação. Por alguns destes deuses pagãos tenho preferência. Não sou insensível aos gregos, que engendraram mitos, nem aos druidas, que amavam as árvores. A eles, revestidos de divindade, atribuo singularidade. Sobretudo porque souberam, e por muito tempo, resistir ao aluvião do cristianismo, que, já ao se estabelecer na Europa nos primeiros séculos, enfraqueceu os postulados dos deuses.

Era comum, nestes séculos iniciais, que as pessoas servissem aos deuses e igualmente ao Cristo cujo advento festejavam. Uma época propícia à liberdade da conduta religiosa. Não se punia extensamente, isto é, em larga escala, quem trafegasse pelo ideário

UMA FURTIVA LÁGRIMA

de ambas as religiões. Como que havendo uma discreta fusão entre todos. Um inevitável enlace entre o mundo arcaico e panteísta e o universo que estava impondo um Deus único, abstrato, exigente, cuja severa moralidade foi aos poucos expulsando sem apelação deuses, alegorias pagãs, mitos, arcanos que fundaram a civilização ocidental.

A PAISAGEM

Que vida teria eu tido se apontasse uma única paisagem como favorita, quando o mundo é farto e múltiplo. Um riacho, simples fio de água, por exemplo, excede a um rio caudaloso, como o Mississippi ou o Amazonas.

Recordo, porém, a visão de Micenas, cujas ruínas testemunham o desenrolar da tragédia de Agamemnon e Clitemnestra, que me prende ao submundo dos sentimentos, sem entender a minha humanidade.

A CIVILIZAÇÃO DO MUNDO

Cada dia questiono a civilização que consolidou minha visão do mundo. Renasço quando discuto comigo, esgrimo com argumentos certeiros, trato-me como adversária. Esta soma de culturas onde se acomodam sobras, dejetos, palimpsestos, códices, notas musicais, timbres raros, coro de vozes temperadas, matéria havida antes dos gregos, do Mediterrâneo, do Oriente Médio, dos deuses, do monoteísmo, desta Europa que me encaminhou a Heródoto, e eu aceitei.

Tive cedo a noção de que o pai e os avós tinham carteira de identidade estrangeira, e estavam no Brasil sob suspeita. Um estigma certamente contra o qual eu me insurgia. Sofria por não disporem dos direitos que eu tinha assegurados só pelo nascimento. De certa feita, marcada pela inexperiência, quis compensá-los agraciando-os com provas de afeto, que para mim seriam medalhas. Razão talvez de exagerar quando hoje ainda eu os enalteço. Mas não me furto desta devoção. De enlaçá-los em minhas evocações, de dizer-lhes que, por terem escolhido o Brasil, regalaram-me com a identidade brasileira. Nada pode ocorrer nestas plagas sem eu lhes garantir a presença.

No discurso de posse na Academia Brasileira de Letras, em 1990, iniciei-o afirmando: Sou brasileira recente. Palavras que ressoaram em mim por muitos anos por força de sua eloquência e veracidade. Uma confissão advinda de uma realidade que construí desde a infância e de que não quis me esquivar. Hoje, no entanto, ao proclamar minha antiguidade brasileira, reconheço-me dona de uma maturidade com a qual o Brasil é agora meu naufrágio, minha salvação, meu amor. E as raízes que brotam de qualquer rincão do país aninham-se igualmente no meu peito. Falo dele agora sem sanções, adquiri todos os direitos. Sou tão arcaica quanto quem aqui esteve no albor desta terra.

VELÁZQUEZ E O PAPA

Em Paris, no Grand Palais, defronto-me uma vez mais com Inocêncio X, a figura que a humanidade deve a Velázquez. Retomo os laços iniciados na adolescência em Roma, quando seu rosto austero, o olhar oblíquo, de Capitu, distante das vicissitudes humanas, advertia-me das insídias que ele próprio, como pontífice, encarnava. Os murmúrios a admitirem seu desapreço pela vida alheia, fora aquelas que, por vaidade, jurara livrar do olor do pecado. Enquanto, encarregado das coisas terrenas, isentava-se de punição.

Observei então na face intumescida traços lascivos que tinham pouco a ver com a amante que lhe saciava a carne. Talvez porque considerasse natural que, eivado de tantos encargos, merecesse estes festins.

Posou para Velázquez no ano de 1650, com 76 anos. Apesar da proximidade física havida entre eles, o espanhol só lhe dirigia palavras protocolares. O papa, imerso em si mesmo, nada falava ao pintor, que, a serviço do rei Filipe IV, de Espanha, um mecenas dissipador das verbas públicas, estava fora da alçada de Deus. Um hábil artesão, pois, que misturava tintas na palheta, liberto de reger o destino da igreja universal.

Ao ver na tela, porém, os vermelhos superpostos, o fundo encarnado, o meio corpo que reverberava em chamas, Inocêncio X se impressionou com a arte do artista a insinuar que fora ele tocado pela graça da imperfeição. Ou seja, jamais aspirara ao estado beatífico incompatível com o pontificado que atuava, a pretexto de aglutinar a humanidade, com garras turvas e ânsia de sangue.

Fixando-se no quadro, incapaz de suportar um realismo exasperante que expulsava suas ilusões e esmiuçava seu ser, quando, por cautela, era um sepulcro que se freava mesmo diante de Deus, o papa emitiu seu grito de guerra:

— TROPPO VERO!

Nada mais disse além do brado. E nem menosprezou a arte de Velázquez, que detectara seus ardis. Escondeu o quadro, não deviam decifrá-lo.

UMA FURTIVA LÁGRIMA

O pintor, regressando a Madri, prosseguiu com sua obra, que fui encontrar no museu do Prado, menina ainda, quando me iniciei, em meio ao assombro, nos tormentos circunscritos à arte. Logo amei os quadros do pintor sevilhano, suspeitando que sua arte era uma procela. As telas, porém, como que familiares, abrigavam porções das histórias que eu lia. Ele me lembrava Monteiro Lobato a falar-me do Brasil.

Não fui precoce por atender ao clamor da imaginação vinda de Vila Isabel, onde nasci. Submetia-me fácil a um artista que concentrava na obra a matéria humana, despojando-a de artifícios. Dava-me o ignóbil e o sublime dos reis, dos taberneiros. Alçava o ovo frito à categoria de arte.

Imaginava-o às vezes jovem em sua Sevilha, enclave civilizatório de Espanha, sob o feitiço do Siglo de Oro. E de um mestre, Pacheco, que não lhe permitira durante anos tocar no pincel antes de dominar as técnicas, as urdiduras, os fundamentos da pintura. Invejável aprendizagem que lhe assegurou a perfeição dos seus quadros, a credencial de gênio, e o amor de Juana, filha de Pacheco.

Em Madri, o rei propiciou-lhe condições para provar ao mundo que era um deus. Um artista capaz de deixar em certos quadros, como o do conde-

-duque de Olivares, seu mentor, o valioso rabisco, prova de seu erro, sem apagar. O *pentimento*, o que fora objeto de arrependimento, sem valor estético.

Outro exemplo de sua rara sutileza social está na tela *A rendição de Breda*, quando Spinola, em gesto compassivo, toca o ombro do vencido Nassau, no intento de minimizar a humilhação que padecia na iminência de entregar as chaves da cidade.

Espanha não ostenta entre seus Velázquez os vermelhos incandescentes do quadro de Inocêncio X, que ultrapassou os horizontes pictóricos estabelecendo novo paradigma na arte do retrato. E que suscita saber se o pintor, no afã de arrancar à força pedaços da alma do pontífice tingido de sangue, tivera em mente abastecer-nos com a consciência de nossa miserável finitude. De deixar um legado que, conquanto expusesse o papa à deriva da estética e do julgamento moral, compensou-o afinal com a imortalidade.

ETERNIDADE

Sucumbo diante do conceito da eternidade que é inclemente. Afinal o eterno é contrário à minha pobre condição. As ocorrências humanas, contudo, me fascinam, trazem em seu bojo as sementes do bem e do mal.

Isenta da culpa que me querem imprimir, declaro-me inocente. Sob o resguardo de emoções exageradas, não peço que salvem minha alma. Mas que desviem de mim a arma voltada contra a minha pessoa.

Após esta confissão, retiro os véus da minha face. Vejam-me como sou. Calei-me por muito tempo, agora clamo por socorro. Falo.

UMA DATA

Dias alegres e dias de luto. Não sei arrolar estes tempos. Presto vassalagem à vida que é longa, e me ensina a esquecer e a recordar. E ainda a resistir.

A ESCRITA MENINA

Comecei a escrever menina ainda, lendo os livros que me davam, inventando os que eu não tinha à mão. Inventar é uma saga antiga, precedeu-me antes do nascimento. Talvez tivesse sido a vocação de meu avô, Daniel, imigrante galego, que se aventurou cedo a cruzar o Atlântico, obedecendo ao gosto da aventura e à necessidade de instalar-se numa terra que assegurasse a sobrevivência, lhe ofertasse horizontes mais amplos. Ou talvez inventar tenha começado com meu pai, Lino, igualmente disperso e com a cabeça tantas vezes mergulhada nos livros.

A INTRIGA

A literatura torna visível a intriga humana. Ela é a casa permanente do nosso restaurado enigma. E que faço com o emaranhado dos meus pensamentos? Vale acaso seguir irrigando o coração nestes tempos conturbados?

AS PEQUENAS UTOPIAS

Desde sempre ansiei por materializar as pequenas utopias do cotidiano que tinham por fim esclarecer as noções de pátria, de língua. Os conceitos que dão existência aos sentimentos, à cartografia da vida, impondo diretrizes inaugurais.

O país do nascimento se faz de contradições e sombras. A língua, que o custeia, fala nos estábulos, nas feiras, nos prostíbulos, no território da cama e do berço, na jazida da paixão, locais que difundem esperança, honra, sangue derramado. Uma língua na qual se espelham as faltas humanas, o fardo histórico que nos circunda.

Tais considerações se devem a ser eu filha da imigração. Do projeto imigratório de quando os galegos, estabelecidos no Rio de Janeiro, eram fantasmas do exílio. De quando os avós, já instalados em Vila Isabel, enquanto os pais, em Botafogo, ofereciam-me semanalmente a mesa farta.

Ter nascido de uma família imigrante propiciou-me entender as perspectivas da Europa no tempo do avô e do pai, que levaram a expulsar seus nacionais de casa. Questionei cedo qual teria sido o destino do continente europeu se não tivesse despejado os milhares de famintos nas terras americanas. O quanto esta refinada Europa se nutriu do imaginário americano, do ouro e da prata, dos tesouros impensáveis, das batatas, dos tomates, do chocolate, dos mitos maia, inca, tupi-guarani, da narrativa e dos códices das civilizações autóctones.

Escondida às vezes nos recantos da casa dos avós, nunca os vi sangrar. Recolhiam às pressas alguma eventual gota de suor e sangue. Minha mãe, Carmen, saiu a eles. Jamais a ouvi confessar o que era do âmbito da intimidade. Não admitia haver sofrido alguma desilusão que lesara o coração. Recolhia-se no próprio ser, que a albergava com severidade. Seu amparo era subsistir próximo dos que amava. Não aceitava confidências, difundir segredos. Suspeito que o corpo para ela era sagrado. Até agora os efeitos destas vidas se irradiam em mim.

Volto à Europa. Pergunto que critério adotar para responsabilizá-la pelas falhas existentes na América.

UMA FURTIVA LÁGRIMA

Se as carências civilizadoras do nosso continente deviam ser creditadas ao epicentro europeu. Aos povos colonialistas que exerceram um domínio moralmente vergonhoso na África e nas Américas, cuja crueldade não merece esquecimento histórico. Questiono igualmente se com o vencimento dos anos não é o momento de nossos próprios países responderem pelas mazelas americanas. E se não exercemos essa autocrítica é porque seguimos sendo parte dos despojos desta Europa culta e colonialista. Sou mestiça e gosto. Convivo com as elites brasileiras e as recrimino vivamente. Audazes no jogo da dissimulação, dos equívocos, eu não os perco de vista. Mas surpreendo-me com seus raros atos de grandeza. São eles que afiançam, em conjunto com as classes populares, que minhas raízes brasileiras prosperaram a partir do bairro de Vila Isabel, onde nasci.

O PREGADOR PAULO

A Paulo de Tarso pouco lhe importou o prepúcio, de que se encarregava Pedro, herdeiro das tradições judaicas. Almejou simplesmente semear o verbo revolucionário do Cristo e golpear, ao longo desta pregação, as bases das crenças então existentes.

Um andarilho contumaz, combinava o corpo audacioso e a cabeça dotada para fazer a exegese do mundo. E contrário ao que lhe impingiram, de ser um misógino, ele amava as mulheres, não para o leito, mas para alastrarem a fá cristã.

Igual a outras mentes que cruzavam a Europa como quem passeia pelo quintal da casa, Paulo percorria distâncias com as asas de Hermes grudadas aos pés, deste ser alado brotando doutrinas novas, palavras que comandavam diretrizes morais.

UMA FURTIVA LÁGRIMA

Há anos imagino-o a caminhar resoluto pela Ásia Menor, pelas trilhas secretas, para chegar a Roma, e teria ganas de segui-lo de perto se fora sua discípula. O mesmo teria feito com Teresa de Jesus, a quem chamo Teresa de Ávila, senhora de Castela, no afã de desvendar seu gênio, cujas relíquias visitei em Alba de Tormes. Aquela furiosa religiosa que, após fundar o Convento de São José, cruzou, até a morte, terras vizinhas, reconstruindo as capelas em ruínas, como meio de reforçar entre os camponeses a fé católica.

Leio as epístolas de Paulo e me deslumbro. Seu verbo libera-me a enveredar pelo meu precário pensamento, desfaz os nós que me acorrentam à minha aldeia. Universal, como que, compungido, ele me impulsiona a alargar meus limites e eu obedeço. Aspiro tanto a entender o que me diz. Faz-me tão bem ele ter existido.

Recentemente, estando em Istambul, acompanhada de Halbouti, Guga, Paulinho, meus três mosqueteiros, fui a Éfeso cumprir o roteiro da minha paixão por Paulo de Tarso. Afinal chegar ao lugar onde havia que estar. E lá Paulo me recebeu. Senti a força de sua presença a discursar diante de mim no monumental teatro de Éfeso, diante de milhares de ouvintes, empenhado ele em convertê-los para o Cristo.

NÉLIDA PIÑON

Era tangível sua presença. Pus-me ao seu lado naquele estádio cuja acústica apreendia os imperceptíveis ruídos, até a pulsação dos corações dos seguidores, potencializando o timbre de Paulo a anunciar o verbo. Tomada pela piedade paulina, e não desejando que fraquejasse, eu lhe secava a testa, mitigava-lhe a sede. Enquanto sua voz, que não tropeçava, proclamava aos pagãos, sob a inspiração das forças telúricas da terra, o que o gênio lhe ditava. Guiado certamente pela sabedoria dos eleitos.

Paulo de Tarso consolidou o cristianismo. Atraída pela humanidade que ele espargia, confiava no que nos atribuía como matéria de fé. Desfrutei sempre de sua figura histórica mediante suas epístolas. Pensava que caso o encontrasse na mesa onde todos se alimentavam, eu o reverenciaria. Afinal a hierarquia fortalece os princípios, e como eles fazem falta nestas épocas frívolas e desrespeitosas.

Eis um homem controverso, por onde seja abordado. Judeu de nascimento e cidadão romano que falava grego, abominou o Cristo até sofrer na estrada de Damasco uma apaixonada conversão. E, por tudo que fez, por onde passava foi deixando no chão, em seu tempo e ao longo dos séculos, traços de uma presença a forçar-nos a segui-lo. Como se ele, no meu caso, acatasse minha companhia, estivesse disposto a me educar.

UMA FURTIVA LÁGRIMA

Contenho-me diante dele. Afinal, com que direito tergiverso, sigo sua peregrinação verbal? Embora tenha morrido decapitado, segundo a tradição, em Roma, no ano de 67 d.C., sinto-o instalado perto de minha casa. Até mesmo em Nova York, onde senti sua modernidade reduzir a pó os artifícios da cidade. Sua acuidade se antecipa à visão do homem algemado pela paixão. Pede aos que trafegam por todas as civilizações que lhe cedam imaginação e alento, pois santidade ele já possui. Mas santidade é menos que a vida. Portanto Paulo pede o que lhe falta, de pregar nas tribunas, nos púlpitos, de ganhar outra vez a palavra pública a fim de sua oratória inaugurar conceitos novos. Sobretudo que seu evangelho afaste véus, sombra e neblina que impedem o advento do mistério.

Sua silhueta esmaece com o tempo. A grandeza de Paulo não gera novas cruzadas. Somos hoje simples inventores de falsas utopias. Ungidos por uma imaginação arrogante que acentua a falibilidade do sistema humano. Como se as utopias, mães do caos, não possam ser benditas. E o que resta? A roda, que se criou, leva-me para longe. Mas, ao girar, não projeta ideias que nos reconciliam com a vida ou afugentam as desavenças que executam o próximo sem piedade. E o que isto significa, que a palavra tem o verso e o anverso? Ou que vivemos à deriva, a despeito da nossa pretensa modernidade?

Paulo se aproxima. Eu vivo, mas ele comanda. Carrega a cruz da própria legenda. Foi sacralizado pelos séculos. Mas não sei se aprecia o peso de tal santidade, que é o jugo da perfeição. Às vezes penso que lhe agrada conversar, ou observar de longe a Erasmo, o viajante incansável que, como ele, ao circuncisar o corpo verbal, incorporou-nos à perplexidade. Engendrou algumas filiações estéticas só para nos adular.

E terá sido assim?

VIAJANTE

Como viajante contumaz, incorporo o mundo à minha casa. Irmano as volúpias do Oriente, do Mediterrâneo, com os bairros do Rio de Janeiro. O mundo não discrimina, assim deve ser com a grandeza. É mister que o universal alerte meus sentidos para as volutas de imaginária catedral gótica que construí no papel com a esperança de ver Deus em pessoa. De qualquer recanto soturno, esforço-me por surpreender a manifestação da fé. Ainda que, estabanada, gire como um peão que me regala com a visão dos santos, dervixes e mágicos. Mas quando o peão tomba ao chão, a descrença bem pode me golpear. Estremeço, então, submissa à solicitude mística que provém de todos os recantos.

Suspeito que li em demasia. Deslumbrava-me com Plotino, Meister Eckhart, Teresa de Ávila, Juan de La Cruz. Também com o sufi enamorado por longínqua mulher do Al-Andalus.

Sob o impulso da ilusão, Deus é anfitrião da minha fome, responsável pelos meus excessos. E me converteu em um pêndulo que oscila entre pontos contrários, a que falta a precisão de captar o rumo dos que frequentam o banquete da vida.

Deus, a quem não vejo, esquiva-se da tarefa de vigiar os mortais e de refugiar-se onde não o podem encontrar. Aproveita-se da minha distração para me cobrar em dobro o que eu lhe devo. Mas o que pode o senhor da abstração esperar de uma alma como a minha, que perscruta da torre de Hércules, na Coruña, as lonjuras do Atlântico como se eu fora um farol a buscar náufragos semelhantes a mim?

Olho o horizonte marítimo em busca da minha tenda armada no litoral brasileiro. Lá, assando peixe e batata-doce, apaziguo o meu instinto apaixonado. A vida aguarda-me, assim como a morte.

A COZINHA É O LAR

Mesmo na cozinha, ao pé do lume e das panelas, descascando batatas, inventario a vida. Em tal cenário amoroso, diante de quem seja, acaricio os objetos, quantos deles inúteis, que ocupam espaço que deveria ser dominado pelos meus sentimentos.

Tenho pena de deixar no futuro estes objetos em mãos estranhas. Afinal foram moldados pelo uso que fiz deles. A cada um dei razão de viver, cuidei para não se desfazer em pó. Pois que os de barro, ou de cristal, jorram sangue quando se estilhaçam.

Eles fazem parte dos bens da casa. Do meu patrimônio moral, e por que não classificar assim? E asseguro que cada qual encarna os seres que amei. Atrevo-me a dizer que, enquanto somos frágeis mortais, eles perduram. Farão parte, em conjunto, do meu enredo. Incorporados ao meu espetáculo diário. Formam comigo o pano de fundo do meu teatro. Como poucos, detalham-me e me fotografam. Em especial quando contraio o rosto por haver salgado em demasia a comida que estava a ponto de servir.

Tenho dificuldade de me apartar deles. Dão-me alento, asseguram minha prosperidade. São, sobretudo, discretos, não falam. Fingem não fazer parte dos meus acertos e fracassos. Ah, preciosos bens.

PROSSEGUIR

Não recorro ao dicionário. Limito-me a dizer para mim mesma, fazendo eco à minha voz: não desistir, clamar, esbravejar. Sempre prosseguir em defesa do uso pleno da língua. Ciente de que sem ela perco o mundo. Corto-me as veias. Sangro.

LFT

Lyginha, não se esqueça de preparar o conto para ser enviado à Itália. Escritor brasileiro é estrangeiro em qualquer recanto, mesmo no Brasil. É pena ser apátrida no mundo. Ter passaporte, mas que não tem efeito, não defende sua vida e dos livros que levam sua assinatura.

Sigo sábado próximo para Barcelona. Ali fico uns meses. Amo a cidade e seu povo, eu os entendo. Tratam-me com afagos e deferência. E Carmen Balcells, amiga d'alma, com quem me hospedo, justifica a viagem. Sua inteligência e temperamento são inigualáveis. Alia com maestria cosmopolitismo e o universo rural.

Quer que lhe traga algo? E o cavalheiro, aprimora-se nos afetos? E o seu gato, que não sei por que associo ao anel turquesa que você leva no dedo da mão direita. Ou da esquerda?

112

UMA FURTIVA LÁGRIMA

Sei do seu amor pelo felino que tem mais fôlego que qualquer pretendente indeciso. Pena o humano, com sua vocação para o mal, não ter ainda descoberto o potencial de ternura e devoção dos bichanos de quatro patas. Fraquejamos diante da lealdade de um cachorro, do seu senso moral.

Saudades, da sua

NP

A CERIMÔNIA DA LÍNGUA,
A MORAL DA ARTE

A moral da arte, que frequenta a minha casa e o meu coração, modela o desgovernado espírito de quem cria. E isto porque o que há por trás da minha história é a convicção de ser a narrativa uma construção mental de inesgotáveis significados a serviço dos registros humanos.

Sempre suspeitei que se rastreia a trajetória civilizatória através da simples leitura de um papiro que emerge das trevas do tempo e cuja história resume os momentos constitutivos da gênese humana. Nestas palavras esgarçadas e sujas de areia encontra-se o salto acrobático que vai da caverna à poltrona onde me sento para a leitura do jornal diário. E isto porque qualquer texto, que dimensão tenha, excomungado ou não pelo index, é de

UMA FURTIVA LÁGRIMA

natureza exegética, sujeito portanto a múltiplas e disparatadas interpretações.

Sobre o altar do pensamento lavra-se a palavra que se oferta à comunidade dos povos e que lhes faltava. Este fato se dando por não ser o personagem, nomeado pelo amor do autor, o único a dar corpo à narrativa. Mas sim um certo arquétipo que emana de todos, e que, à luz do sol ou à sombra dos arcanjos do bem e do mal, coordena as assimetrias do cotidiano.

Obediente a tal raciocínio, Maria e Pedro, ilustres anônimos, escondem-se por trás da composição de qualquer personagem nascido da ilusão do autor. E porque cada um de nós existe independente da nossa própria vontade de sobreviver, o personagem, de início com traços inexpressivos, ganha verossimilhança. Sua existência torna-se réplica minha e do vizinho. Seu rosto reproduz fatalmente as feições outrora de Sara e Abraão.

No desmedido território da imaginação, Hécuba e Príamo assemelham-se às faces que labutam nas ruas de Porto Alegre. Assim o milagre da arte reproduz ainda que sutilmente a vida de quem ocupa uma morada. A fim de sermos em conjunto peregrinos em busca de quem nos invente, dê-nos nomes, prorrogue por um átimo a nossa existência.

E proclame aos sucessores que existiu quem, semelhante a eles, mastigou com a mesma mandíbula, fez amor com igual voracidade, comunicou-se com os mesmos gestos canhestros. E não é certo que a fugacidade humana está à cata da posteridade? E que, negligentes como somos, não nos distanciamos da obrigação de tecer a urdidura comum?

Para tanto somos as fiandeiras de Velázquez, que desafiavam exangues os dias enquanto elaboravam preciosidades têxteis, a mortalha da casa. As tecelãs que consumiram a vida na feitura do unicórnio da tapeçaria de Cluny, em Paris, cuja intensa simbologia persegue ainda hoje a ambiguidade e o mistério da espécie humana.

O ANJO DE COBRE

Os objetos que compramos, e levamos para casa, inventam para nós um projeto de felicidade. Instalados na sala, eles falam, têm sentimentos, preservam a memória, sobrevivem a nós. Nenhum objeto é pária, merece ser marginalizado.

Outros, herdados, como o meu anjo de cobre, de tamanho minúsculo, jaz dependurado na parede do meu quarto. Ele não se move, salvo quando perambulo pela casa e parece me acompanhar com suas asas protetoras. Herdado da mãe, de verdade foi-me presenteado quando nasci, para proteger-me no berço. E que ela o guardou na sua mesinha de cabeceira até a morte como prova do seu amor materno. O anjo é, pois, o certificado da minha gênese, da minha sorte.

Zelo por ele, que faz parte do cenário do quarto. Cuido do anjinho de cobre para a vida não cobri-lo de poeira. Quero que me siga até a minha despedida. Em troca de tais cuidados, de ser objeto de culto, ele quer saber a quem vou deixá-lo para que sua história, uma vez iniciada comigo, não caia no esquecimento.

Dou-lhe atenção. Afinal, devo-lhe amor, piedade e algumas lágrimas. E por que não, se jamais me traiu ou deixou de me advertir quanto às ciladas do futuro?

Além do mais, este anjinho, de cobre, inspira-me bravuras e assomos emocionais sempre que a vida fraqueja. Assegura-me que fui amada na medida certa. E que, em troca, faça eu, por meio dele, a declaração de amor que o mundo espera de mim. Assim será.

O SIGNO DO PRAZER

Minha mãe me estimulava a falar sobre o que estava em torno, até sobre quem eu pensava ser. De forma discreta cobrava palavras que a filha talvez fosse necessitar no futuro. Este fato tendo a ver com o que já relatei algumas vezes, de ela me julgar inteligente, mas de fala que não espelhava o que eu levava dentro.

O pai e a mãe, talvez por terem vindo de outro país, minha mãe já havendo nascido no Brasil, não se sentiam donos do Brasil, portanto devia a filha se apossar da identidade brasileira mediante a força do verbo.

Com o avô Daniel aperfeiçoei o paladar e tudo mais que dissesse respeito às delícias inerentes à condição masculina. Aliás, a propósito desta aprendizagem, evoco um episódio ocorrido em uma fazenda próxima à capital mexicana, durante almoço que me oferecia grande número de intelectuais mexicanos.

Neste repasto, após o café, conhaque, charutos e discursos, entretivemo-nos com conversa informal quando alguém, a propósito da minha genealogia familiar, mencionou a figura do avô Daniel, que, segundo ouvira, inspirara o personagem Madruga, do romance *A república dos sonhos*.

Emocionei-me por trazer à cena a figura relevante de Daniel, sobre quem me expandi. E tanto que percebi, pela primeira vez, como ele se esmerara na minha educação relativa a vinhos, à comida, aos charutos havanos. Ensinara-me a servir o vinho sem deixar cair uma só gota na toalha, a ler o cardápio e imaginar o gosto do alimento, a introduzir cautelosa o palito na extremidade do charuto após apará-lo. E, se possível, umedecer com cautela a ponta no conhaque, como ele queria. E que gosto tinha em comprazê-lo. Gestos, contudo, que, ora rememorados, permitiram-me constatar que Daniel, sem querer, involuntariamente, ensinara-me certas práticas inerentes às cortesãs a serviço dos cavalheiros parisienses que mantinham suas casas, para melhor desfrutarem de toda classe de intimidades. Uma situação social que Colette, fina escritora de costumes, esmiuçou à perfeição no romance *Gigi*.

UMA FURTIVA LÁGRIMA

Uma leitura graças à qual aflorou então em mim a reminiscência amorosa do avô Daniel. A aliança havida entre avô e neta prolonga-se até hoje, tantas décadas passadas. Um tempo durante o qual reverencio sua memória e não consinto que meu amor por ele esmoreça. É a partir dele que arbitro sobre os prazeres da mesa. Assim como festejo outros amores que aperfeiçoaram o meu gosto. Como os padrinhos Ceferino e Teresa Gondar, que, na ilha de Arosa, onde os visitávamos quando de visita a Espanha, ofereceram-nos o melhor repasto da minha adolescência. E ainda a mãe, familiares, amigos. Reparto com eles a vida que ainda tenho.

NATÁLIA

Natália Correia se despediu. Grande poeta, regeu as palavras, tinha o dom da poesia. Ela correspondeu aos ideais portugueses de qualquer século. De coração dramático, temperamental, foi lusa. Em defesa da latinidade, apregoava não haver genuína civilização fora de suas raízes e influências. Para reforçar seu julgamento, afastava do horizonte o que estivesse na esfera anglo-saxônica.

Sempre deu prova de me estimar. Mas espantava-se que, sendo eu de formação latina, brasileira, uma europeia ibérica, conquanto de educação germânica, inglesa, professasse incondicional admiração pelo universo dos bárbaros, pela literatura americana, que ela acintosamente desconhecia. Uma circunstância, aliás, comum na Espanha de décadas atrás, como também no Rio dos anos 1970,

UMA FURTIVA LÁGRIMA

entre a minha esquerda de então, que nada sabia de Melville, Faulkner.

Ainda hoje tenho sua efígie na memória. A cada visita a Lisboa, penso onde se aloja seu fantasma lírico e generoso. Sinto sua ausência. Afinal prosperei com a visão que tinha ela de Camões. Como discutíamos, comovidas e apaixonadas, o amor desesperado de Pedro e Inês de Castro, a galega. Eu, uma mulher tropical, pensava a razão de tanto sofrimento da amiga lusa. Quando mais valia erguer a taça e fazer juras à vida, pedir aos deuses que a prorrogassem.

Eu ria em cada encontro. No Rio, em São Paulo, Moscou, Petersburgo e naturalmente Lisboa. Ninguém controlava sua adorável fúria que, no entanto, segundo circulava, inspirou paixões entre os intelectuais do seu tempo. Sei de muitos, mas restrinjo a fala. Havia razão para despertar sentimentos febris. O corpo opulento que exibia os seios fartos sustentados pelo colo alvear que provocou poemas, os cabelos negros em coque, e sua brilhante mente universal.

Violenta e predatória, que deslumbrante interlocutora era Natália. Uma insular rara, dos Açores, ela saltou do século XV diretamente para a minha sala na Barra, onde veio jantar. Ciente ela de que eu conhecia seu apurado paladar. Havia, pois, que ser farta e intensificar o alimento como se fora ela um peregrino necessitado de acumular energia para a longa jornada. E assim foi, a comida na mesa fumegava.

Ah, quase me esqueci. Ela perguntou por Lygia, a quem admirava. Sem mencionar diretamente, quis saber, ou conhecer, os enigmas daquela paulista de 400 anos. Conversamos sobre a grande brasileira e, em seguida, devotamo-nos aos trovadores e goliardos que ambas amávamos.

Servi-lhe de início, entre outras iguarias, um "chorizo" de Extremadura que ainda guardava na geladeira. Ela sorriu agradecida. Afinal Natália e eu éramos de uma raça que misturava no mesmo prato a gordura e a desfaçatez do amor.

NÉLIDA

A memória é frágil. Consulto suas fontes no afã de defender meus haveres. Confundo a coroa de louros com a de espinhos.

E quem será dono de mim? Eu, ou minhas lembranças, que funcionam como um legado paralelo ao meu ser? Uma matéria que mal domino e com a qual não conto quando mais dela necessito.

Em vista de tal assunto, ando à deriva. Evito advogar a favor da memória que simplesmente transcreve uma coleta de dados. E que sabe em que gaveta foi guardado o documento que o ministério público exige para salvar minha vida.

Esta memória, que às vezes me supre, também expulsa de mim quem sou. E age certa de eu contar com ela para cumprir mínimos requisitos, ou para afirmar, a quem seja, que meu passado merece ser narrado. Embora não saiba se esta mesma memória, quando se manifesta, expressa o ápice da minha vida. Mas de que vale eu armazenar alegrias e desgostos, simples escombros da existência? Não sei o que dizer.

SOMA DE ACERTOS

A criação é a soma de acertos e desacertos da utopia humana. Nascidos para sonhar o impossível, persegue-nos o descrédito de sermos incapazes de depurar a espécie humana, que é a verdadeira maldição de Caim. O fardo que conquanto nos adorne com lantejoulas, lança-nos ao cativeiro. A vida, porém, fornece subsídios para combatermos a melancolia. Entre o livre-arbítrio e o jugo da consciência, asfixiam-nos as ilusões do mundo. Falsas elas como as pesetas, segundo axioma de outrora, as ilusões resultam de alquimistas medievais. E que não deixam sequelas visíveis.

E o império do prazer, por sua vez, advém da exaltação dos sentidos que, em curso, exorbita, abandona honra e juras. A matéria, pois, que lida com a chamada moral, golpeia o nosso humanismo. Que tristeza.

A liberdade é também escrava da luxúria, o delírio passional a encarcera. Resta-nos supor que não há réstia de liberdade em meio ao gozo agônico.

Vale se crer dona de linguagem poética e deixar de exigir de mim mesma o melhor que terei acumulado desde o leite materno que tem natureza pedagógica. Um alimento amoroso que abriu as portas da percepção e me introduziu aos princípios familiares provindos das aldeias galegas.

Valores inculcados inicialmente como se outros pensassem por mim e não me dessem margem para contestá-los, ou retificar suas vigências. Logo aprendi que alguns deles cabia-me alterar, e a outros modernizar. Eram valores que tinham a marca da permanência, difíceis portanto de renunciar. Seria como abdicar da cruz do Cristo, dos prantos vindos dos que se sacrificaram no mundo ancestral por suas crenças e pela alvorada civilizatória dos homens.

Fui pautada pelos passos dados nas trilhas do bem e do mal. Nem sempre deliberei com a linguagem adequada, ou elegi o percurso satisfatório. Contudo, os acertos emanam dos erros, e o erro é indutor de um eventual acerto.

Mas não será a busca de determinada moral uma falácia? Perigosa abstração diante da fugacidade humana que oscila entre a tentação do bem e do mal?

CATEDRAIS

Há anos escrevi: era a época dos prodígios. Lembro-me de quando a Idade Média começou. A mãe levantou-se cedo para regar a horta e esquentar o leite recém-saído das vacas. Foi quando a mãe anunciou para uma família ainda sonolenta:

— Venham ver as catedrais nascendo.

Nos tempos atuais as catedrais já não nascem. Que lástima.

UM PRATO DE LENTILHAS

Ele pôs à minha disposição um prato de lentilhas como nos tempos bíblicos. Não disputo a primogenitura, um direito que desconsidero. Ninguém veio ao mundo primeiro que eu. Nem meu pai, meu avô, nenhum membro da família. Ou mesmo o rei da Assíria, ou quem tenha sido o primeiro a dar início a este universo insano.

Recuso a herança maléfica, conquanto faça parte de sua linhagem. Mas o tesouro que reclamo é a misericórdia, refinada e rara invenção humana.

RITUAL AMOROSO

Escrevi no passado: "Há que cumprir o ritual do amor com perfeição, à margem da realidade. Que chances temos nós, estrangeiros e aflitos, de alcançar o rouco vagido da felicidade? Ali, porém, no território pirenaico, mergulho no regaço de Deus." Essas palavras tentaram simplesmente revelar a inquietante busca do sagrado. Agora ouso deslocá--las deste irremovível centro para conferir-lhes uma dimensão profana que diz respeito a nós, aos que amam.

E tudo porque aspiro a cumprir, junto a quem significa tanto para mim, os ofícios humanos que o ardor, a emoção, os sentimentos determinam, mesmo à nossa revelia.

A MULHER DA BÍBLIA

A mulher brasileira é também a memória do mundo. Expulsa no passado da gerência da realidade oficial, ela devotou-se às tarefas domésticas, às lides amorosas, à transmissão privada aos filhos dos códigos morais e religiosos. Sempre na expectativa de participar plenamente da poética da existência.

No limiar do século XX, o corpo desta brasileira abandonou o espaço exclusivo do lar e acentuou o padrão da sua fantasia. Seus atos insurgentes reforçaram sua estrutura psíquica adequando-a à modernidade do seu ser. Os delitos que então pratica eventualmente dão início à derrocada do sistema social. Entre outros empreendimentos autônomos, esta mulher carnavaliza-se, vota, pleiteia cargos públicos. Ao expressar sua inequívoca liberação, já não se sente estrangeira na terra. O

UMA FURTIVA LÁGRIMA

crescente protagonismo social impulsiona sua presença no mercado de trabalho e no horizonte da pátria.

Nesta desconcertante rota de uma política libertária, ela reclama o reconhecimento público de suas conquistas existenciais, de sua plenitude cidadã, sem expulsar porém as fímbrias ancestrais do seu ser. O retrato seu, pois, moderniza-se, mas dramatiza-se. Questiona o seu papel social em face das novas concepções que lhe são atribuídas, que rumo seguir sem excluir o amplo espectro afetivo, os ganhos da cultura do lar, a alma arqueológica, as tradições civilizatórias.

Tangida pelos deveres do amor, madruga em direção ao trabalho. Esta brasileira segue construindo os andaimes da quimera. Este tênue fio do difícil sonho da nossa terra anima-a a dar provas de apostar no futuro. Assim, autodescreve-se e se estima, fecunda o cotidiano com um receituário que a ensine a ser progressista. Junto ao coro das demais mulheres do continente, acredita que a utopia não pode estar tão distante. Não para ela, mulher bíblica do Brasil.

POR ONDE CAMINHASSE

Por onde eu caminhasse, envolvia-me o sentimento de iniciação. Uma espécie de ritual que me inspirava emoções inauditas e uma inexplicável fé na vida. Acatava o desabrochar da existência sem forçar indagações. Uma crença certamente vinda da avó materna a quem visitávamos a cada semana.

Amada aguardava a família com gestos finos, com traje de seda e salto alto. Às vezes, chegada da missa, ainda tinha a cabeça coberta com a mantilha espanhola, que se esquecera de tirar. De certa feita confessou sua afeição pelo véu, trazido da Espanha, e que ganhara para estrear na cerimônia matrimonial realizada em Cotobade. Tão logo declarados marido e mulher, após pungentes despedidas da família, seguiram para Vigo, onde viveram a primeira noite de amor. Para em seguida embarcarem no barco a

UMA FURTIVA LÁGRIMA

levá-los ao Brasil, dando início a uma viagem sem previsão de volta à pátria, enquanto Amada indagava-se, do convés do barco que se afastava do cais, se voltaria um dia à aldeia onde fora modestamente feliz. Ou devia ela supor que seus restos mortais repousariam para sempre no Brasil.

Recordava o dia em que conhecera Daniel, um jovem altaneiro, de temperamento forte, a falar-lhe do Brasil, uma terra pródiga à qual chegara com 12 anos. Amada ouvia pela primeira vez o nome do Brasil que o belo Daniel invocava seguidas vezes, como preparando-a para dividir sua sorte com ele. Quase de imediato convidando-a a unir-se a ele naquela aventura conjugal. Sem lhe dizer, conquanto implícito, que viveriam uma odisseia pavimentada de sacrifícios.

Recordo que a avó fazia longas pausas enquanto falava. Predominava nela uma serenidade advinda de sua intensa aliança com Deus. Indiferente a que o marido fosse um anticlerical convicto, pronto a declarar guerra ao clero. Sem se conformar que a mulher, sempre suave, contrariasse sua vontade indo diariamente à missa. A dar contínuas provas de se importar mais com Deus do que com o marido. Um esposo a quem Amada seguira por amor, renunciando à família e à amada Galícia, e a quem ela atendia com devoção, preservando, porém, suas convicções religiosas.

Um espírito insubordinado, Daniel, um jovem pobre, desafiava a quem fosse desde que desembarcara no Rio de Janeiro. Irritava-se em particular com os detentores de título de doutor, com anel no dedo, que pretendiam humilhá-lo por ser imigrante. Revidava cotejando sua provada intuição, afinada pelo talento, pela experiência profissional, com arquitetos e engenheiros que cruzassem o seu caminho. A alguns conheci menina, como Carmen Portinho, brilhante engenheira, responsável pelo viaduto erguido em São Conrado, esposa mais tarde do arquiteto Affonso Eduardo Reidy. Muito jovem, demonstrava admirar o avô, acatando seu julgamento técnico nas obras que ele fazia, contrário ao seu critério. E ainda que o avô lhe chamasse a atenção com certo agravio, em casa lhe exaltava as qualidades, prevendo-lhe futuro notável.

A avó ajustava-se bem ao temperamento forte do marido. Amparada pela própria doçura, seus gestos não se alteravam com ele presente. Como se para Amada, que inspirou a personagem Eulália, de *A república dos sonhos*, Deus e o marido, atuando em esfera contrária, não tivessem o direito de interferir em sua consciência religiosa. Cabia só a ela responder

UMA FURTIVA LÁGRIMA

pela atuação da sua alma, dissociada de seu corpo. Decerto ofertara-se a ele desde a primeira noite de núpcias na pensão de Vigo, na iminência de embarcarem para a América. A partir desta junção carnal, conceberam cinco filhos, na verdade seis, pois uma menina morrera-lhes apenas nascida, que povoaram mais tarde a casa que Daniel construiu na rua Dona Maria, 72, em Vila Isabel.

A América, para ela, significou então o degredo. Estava convicta de que, ao seguir o marido, entregava-lhe a vida sem a garantia de a ter de volta quando a reclamasse. Mas quem sabe um dia ganharia a carta de alforria, que de verdade nunca lhe chegou, e regressaria a Galícia com todos os filhos. O essencial para a avó galega era não vacilar perante as intempéries, os anos árduos, a moeda escassa, o marido a moirejar, ambos empenhados na conquista da América.

Tiveram filhos valentes. Amada, Avelina, Olivia Carmen, chamada de Carmen, Celina, Antônio. Amada, a primogênita, destemida como o pai, enfrentava o mundo em defesa dos irmãos. Tinha estofo de heroína. Ai de quem tocasse em gente de seu sangue. Como eu, menina, que corria em defesa da prima Nelita, a primeira neta da família, delicada e bela.

Amada, chamada por todos de Maíta, mas que eu apelidara de Tiazinha, de tanto a amar até o final da sua vida, lembrava-me Nyoka, a protagonista de um seriado americano que, vestida de traje de explorador de cor cáqui, com chapéu estilo Livingstone, eu via e revia a cada semana no cinema Pirajá, um poeira em Ipanema que frequentávamos munidas de farnel. Era eu tão aficionada à heroica Nyoka, disposta sempre a salvar a humanidade dos perigos havidos em cada esquina, que relutava em abandonar a tela sem assistir ao menos a cada capítulo duas vezes. Até a mãe arrastar-me à força de volta a casa.

Esta grei Cuiñas tinha à frente de todas iniciativas a tia Maíta. Pujante, ela ajudava a família a prosperar. Embora bela, despreocupava-se da beleza que conservou intacta até o final. Viveu os últimos anos presa ao leito na casa da Usina, que projetara e construíra. Ao visitá-la, apontava meu retrato na mesinha de cabeceira e proclamava com fervor o quanto me queria, tanto que ao despertar dizia de imediato: bom dia, Nélida. Em seguida pedia que lhe trouxessem a lata de biscoitos estrangeira onde colecionava os recortes sobre os feitos literários da sobrinha.

Emociono-me ainda hoje com sua lembrança. Ela é parte de mim, junto com mãe, pai, os que amei. Inspirou-me a personagem Esperança, de quem

UMA FURTIVA LÁGRIMA

Madruga, seu pai no romance, admite, contrista-do, que aquela filha destemida devia ter nascido homem. Filha da avó Amada que seguiu fiel ao seu Deus mesmo após a morte de Daniel. Aquele marido irascível que ao vê-la ainda na cama, pela manhã, sem indício de comparecer à missa, desesperava-se temendo um desfecho doloroso. No afã de salvá-la de morte eventual como que a expulsava do leito.

— Vá à missa, Amada. Está na hora.

E a angústia se acentuava enquanto ela, prostrada, resistia em levantar-se. Disposto ele a cedê-la a Deus, desde que a esposa sobrevivesse.

Que saudades tenho destes amados fantasmas que ainda hoje me perseguem, mas não me abandonam.

EPICURO

Epicuro era grego e tinha como ofício pensar. Apresentava-se talvez como pensador, equivalente a curar as feridas do corpo, e das almas lanhadas, e apontar o que não se enxergava. O pensamento, afinal, é invisível, é pura abstração.

Viveu na Grécia quatro séculos antes do advento do cristianismo. De o Cristo nascer e propor novas fórmulas de vida. Assim, distante desta metamorfose radical, fora treinado em registrar pensamentos, mesmo sob o risco de falhar. Pois pensar, de forma organizada, era tão natural para ele quanto sentar-se à mesa para o repasto diário.

Pouco sei da intimidade de Epicuro. Imagino que, como Sócrates, que advogava a atividade peripatética que gerava ideias, também explorava em suas caminhadas as trilhas urbanas, o que até então

UMA FURTIVA LÁGRIMA

era Atenas. Detinha-se diante da Acrópole, que se podia, no entanto, observar de qualquer ponto da cidade. Uma visão assombrosa que ultimava as leis da estética. Nada ousava contrariar seus ditames arquitetônicos.

Inspirava-se nestas tarefas fora do lar. Ignoro, porém, como supria a casa com o pão e o vinho. Quem sabe fosse comum o escambo. Trocar sapiência, que tinha valor econômico, por mel e ambrósia, por todas as finuras do paladar.

Desde jovem descobri este filósofo. Diziam-me estar associado a um pecado que se confundia com a luxúria, com o supérfluo, com o consumo exagerado. O fato é que apreciei suas reflexões. Lia-o atraída inicialmente pelo nome sonoro e tinha gosto em repeti-lo em voz alta. Logo vi que era sábio, isto é, sabia o que eu ignorava. Também detectei sua paixão pelo prazer, pela comida, ao que convinha consagrar enquanto arfávamos. Com o tempo apreciei sua severidade, como se antecipava à tragédia, com o intuito de nos advertir. Finalmente me dei conta de que certo conceito seu ajudou-me definitivamente a julgar os homens. Quando afirmava que respeitados navegadores deviam a reputação às grandes tempestades.

A frase afetou minha visão de mundo. Confirmava que Epicuro, conhecedor da insensatez humana, elegeu Netuno como exemplo para alcançar o fulcro da alma onde residiam a vaidade e o veneno dos seres. Simbolicamente imputava ao deus raivoso, senhor das tempestades, o dever de punir a desvalia geral, de decretar que os mares se encrespassem a fim de pôr à prova a destreza de qualquer capitão à frente do leme do seu barco. A tempestade, sob seu comando, media o talento inato do capitão sob a ameaça do naufrágio. Assim Netuno punha à prova a destreza de um líder à frente da embarcação enfrentando um mar que rugia.

Os projetos raivosos do deus pretendiam que o capitão da nau, na iminência de naufragar, sem saber exatamente como se salvar, como evitar as correntes diabólicas que expressavam a ira de Netuno, tivesse a coragem de mudar a rota como fosse. Só mediante o desmedido esforço de livrar o barco do naufrágio iminente, de exercer o poder de vida e morte sobre a tripulação, provaria ser o guia de rara percepção, dotado da grandeza indispensável para estar à frente dos seus subordinados.

A assertiva de Epicuro previa existir um timoneiro destemido que, ante a iminência do perigo, superava a tragédia, salvava o barco e a tripulação.

UMA FURTIVA LÁGRIMA

E perdia a categoria de mero mortal para se converter em herói. Um ser capaz de farejar de longe o perigo e se antecipar. De ter clara noção de que valia sacrificar mercadorias, a própria vida, em prol de objetivo elevado. Sua missão, pois, diante de tal acirramento, correspondia a uma medida de coragem. O que devia importar, em face do desafio ameaçador, era salvar as vidas e o patrimônio que lhe foram confiados, e conduzi-los a porto seguro. O enunciado de Epicuro é eloquente, aplica-se a todas as circunstâncias, individuais ou coletivas. Aponta para a existência do destino que, enquanto nos submete a adversidades superiores às nossas forças, oferece-nos também a possibilidade de alterar a rota prevista anteriormente e decidir, em meio à crise, a favor da comunidade e dos valores que prevalecem.

A índole dos heróis é agarrar-se às oportunidades que desequilibram a ação nefasta da tragédia e salvar a si e aos demais necessitados de socorro.

SOZINHA

De repente, sozinha, isolada no escritório, ouvindo os brados wagnerianos que põem em pauta quem sou no universo de Wotan, em Valhala, e o grau da minha vitalidade, que assegura estar eu débil, descubro uma frase minha que superou o meu saber, foi além do que eu conhecia.

Ela sobrevive desguarnecida, fora do contexto ficcional, onde se situa. Atingiu o centro e a periferia, que é a tentação da arte. O chamado alvo, que atrai a perfeição da seta. Também uma pobre migalha com a qual acerco-me da miséria circundante, e compadeço-me.

Uma frase na qual se encerra, em plena modéstia, a minha suma teológica. Salva-me ou mergulha-me nas trevas. Mas, caso redima, livra-me da consciência doída.

UMA FURTIVA LÁGRIMA

Não quisera que minha vida se resumisse a uma única frase. Seria penoso sinal da criação já não mais me sorrir. Quando promissora é a esperança de perscrutar o entorno, convicta de não haver frase pronta. Afinal elas se fazem no futuro, onde a arte se aconchega.

Envelheço com rapidez e não contrario esta hipótese. De nada valeria. Tenta-me arrancar do meu âmago algo inédito, diante do qual não saberia afrontar. Mas que por força de sua singularidade fizesse parte do meu legado. E qual seria a frase? Acaso a escrevi ou é simples espuma?

SOMOS FORÇOSAMENTE PRAGMÁTICOS

Hesito entre vagas opções. Choro, aplaudo, tenho ganas de me refugiar em ilha perdida no mais vasto oceano, como um bucaneiro que a rainha Elizabeth I, desgostosa com minha conduta, expulsou do seu reino.

Sob o destemor da angústia, julgo conveniente ser prática. Abandonar noções que me encaminham à metafísica, à estrada cósmica. Afinal, como ser transcendente se a fome é uma praga que nos persegue desde o amanhecer? Forçados, pois, pelas leis da realidade, a sobrevivência cobra-nos uma política de resultados à margem dos sonhos.

Recordo os mestres de origem ameríndia, como o Inca Garcilaso, que pregavam a abundância sob diversos auspícios. A semente da fartura que, con-

UMA FURTIVA LÁGRIMA

quanto represente um princípio adventício, talvez seja também uma fraude. Pois nos faz crer que a casa, mediante trabalho escravo, é o celeiro da nação. E assim valendo morrer por conta de um futuro que nos assegura a esperança, este tênue fio de ilusão difundida entre os que nada possuem. É sem dúvida uma arma que os poderosos, desobrigando-se de qualquer encargo social, de prover os famintos com a colheita, brandem contra os miseráveis.

Talvez em algum verão distante ocorra o milagre da repartição do pão. E nos enseje a crer que a transcendência seja em si capaz de providenciar para todos sobras de alimento e de agasalho. E sejam então os donos de glebas forçados a ceder aipim, ovos, milho aos desamparados para que não esmoreçam.

Somos, porém, fadados à indiferença. E quando acusados de desperdiçar em casa o que poderia salvar o vizinho, seguimos sem repartir nossas benesses. Somos apáticos, enquanto o povo não se sente capaz de pleitear o que lhe é devido.

Assim nem leis, nem punições, nem correções penais impedem que assaltantes desviem dos cofres o que é de todos. E ergam sempre, a seu favor, a taça da vitória.

UM REFÚGIO

Minha casa é o coração dos que amo e amei. Meu escritório é uma caverna, onde brotam as palavras que servem de refúgio dos mortais. Aí incluindo-me.

QUEM SABE

Quem sabe terei narrado antes mesmo de escrever. A história que ia engrossando com farinha e fantasia. Seguramente encantada com a sonoridade das palavras que não sabia dominar.

Custei tanto a falar! Tudo me impedia, errava de tal modo que até as amigas da mãe, Carmen, muito jovens ainda, me aplaudiam. Escandir as palavras parecia-me um milagre. Ou em vez de errar começara a erotizar o verbo feito de carne e de áspero afeto? E fazia assim um lugar meu no mundo?

IMPREVIDENTE

O homem é um ser imprevidente. Na sua totalidade cósmica, mal se concilia com a realidade, de que faz parte. Não guarda haveres para a velhice e ainda queima florestas e polui os rios. Consome as palavras como se fossem descartáveis, para não se ver obrigado a falar o que se espera de um homem.

Egoísta, não oferece nada ao vizinho, mesmo quando lhe sobra. Encerrado no seu casulo, prima por não responder pelo mundo prestes a desmoronar, quando é ele o único indicado a salvá-lo.

SEMPRE O SANGUE

A família surge imperativa em certos títulos meus. Atrás deles, o Brasil, Galícia, Espanha, o mundo ibérico. Ainda as peregrinações havidas no mundo. Sobretudo as medievas, as corridas a Jerusalém. Daniel, o avô, foi meu paradigma. Aventureiro, belo, chegou ao Brasil com 12 anos. Eu sinto imitá--lo, tendo feito o caminho contrário, seguindo do meu país para Espanha aos 10 anos.

Investiguei o Brasil à medida que instalada na aldeia, do outro lado do Atlântico, levava as vacas da avó Isolina até o Pé da Múa, que eu julgava vizinho do firmamento.

Onde estivesse, repartindo os doze anos vividos, entre o Brasil e Galícia, já contava com preciosas porções da infância que iriam fundamentar a adulta.

A mulher que sou hoje. Lições inaugurais que pelo seu espírito libertário lançaram-me a alcançar o que estivesse ao meu alcance. Em especial agora que a idade prenuncia o fim. E repito, crédula, que a vida requer riscos, sonhos, fracassos.

AFRÂNIO COUTINHO

Afrânio Coutinho confiava em mim, deu-me seguidas provas de afeto. Assim, quando decidi concorrer a uma vaga na Academia Brasileira de Letras, em 1989, na cadeira 30, pertencente a Aurélio Buarque de Holanda, tornou-se um apaixonado eleitor que me telefonava diariamente para acompanhar o andamento da campanha.

No dia da eleição, telefonou para minha casa na Barra, onde eu recebera a inesperada e grata visita do amigo Rubem Fonseca, a pretexto de me fazer companhia naquele dia de grande expectativa. Pois os dois almoçávamos quando a voz enérgica e ansiosa ao mesmo tempo de Afrânio Coutinho chamou-me a poucas horas antes do início da eleição.

Atendi-o alegre como se nada devesse me preocupar. Mas logo ele me chamou à realidade. Queria certificar-se de que a Lygia Fagundes Telles, que lutava pela minha vitória, já me enviara o seu voto. Relativamente inquieta confessei-lhe que de fato não o pedira, e nem a ela ocorrera enviá-lo de São Paulo, onde residia. E isto porque ela fazia questão de estar presente na sessão para depositar seu voto na urna.

— E em que hotel ela está? — ele insistiu.

E quando lhe disse que já estava a caminho do Rio, seu ônibus chegaria às 14h, a tempo portanto da sessão que começava as 16h, ele esbravejou, comigo e com Lygia.

— Vocês duas são umas irresponsáveis. Basta que fure um pneu na estrada para perdermos esta eleição.

E ele tinha razão. Sorte que ganhei. E reconheço que o ingresso na Academia Brasileira de Letras, passados tantos anos de convívio, havendo sido presidente da Casa no ano do I Centenário, em 1997, constitui ainda hoje um profundo assunto do meu coração.

Que saudades deste meu inesquecível amigo. Ele está sempre presente em momentos especiais da minha vida.

EMOÇÃO PUNGENTE

Se um dia Deus me privar da emoção, apronto-me a comprá-la. Depositarei a cada dia no pires da vida uma moeda com a esperança de que se converta em uma emoção ainda que crepuscular. Careço de surpresas benignas, que não me asfixiem. Sem revelações emocionantes, eu anteciparia minha morte. O vazio de quando os vizinhos olham-nos sem mínima piedade. Afinal a compaixão, que se aguarda do outro, espelha o melhor do nosso ser. Ao acudir ela, ainda há esperança. Caso contrário, já não se aposta na fantasia e no reino dos homens.

Empenho-me por sentir que o coração verga sob o impacto das flechas endereçadas a São Sebastião. A imagem é trágica, e talvez de gosto duvidoso, mas é como quero.

Ouço música e alijo a serenidade indiferente. E louvo em seguida descascar uma batata e decorar com a faca afiada sua superfície, em obediência à inesperada fantasia. A fim de criar naquela pele corações, pétalas, figuras minúsculas.

Tento manter aceso o gosto de estar viva. Corroborar na crença de que a despeito dos sobressaltos, dos arrepios da paixão agônica, da perplexidade diante da morte próxima, faço jus à existência.

Ao simples toque físico que advém da emoção, sou menos egoísta, reparto meus bens, ainda que não me peçam. Esta espécie de tremor emocional reveste-se de um manto que abriga a mim e aos parceiros. Assim a emoção me protege. Faz-me viajar montada em um tapete voador.

OS DEVANEIOS

A ponto os devaneios que acometem o escritor e que a literatura consente. Graças aos quais Micenas e Delfos existem e Heródoto, por sua vez, sucumbiu à teologia da imaginação. Os povos nômades e incultos sempre me atraíram tão logo lhes segui as pegadas. Igual apreço tive pelos pastores das tresmalhadas ovelhas que fácil aderiram ao deus único, abstrato, invisível, dando assim fundamento ao cristianismo. Na sequência deles, seus sucessores imergiram na fantasia até o desfecho do Cristo pregado na cruz. Arrolando-se assim, após o Calvário, mandamentos, malditas e benfazejas ocorrências históricas. Séculos depois o imaginário religioso cruzando o Mediterrâneo a remo, levando na proa o mito mariano, e o depositou aos pés do severo Bernard de Clairvaux, que admoestava reis, templários e os cistercienses.

NÉLIDA PIÑON

Estas lendas arcaicas que se modernizam, e cujo encanto corrói a lógica e a racionalidade, têm o dom de alargar o horizonte criador. Tornam-se a cada ano uma matéria indizível com a qual me abano como um leque mitológico nas noites do verão carioca.

A HISTÓRIA DA SOLIDÃO

Sou solitária como todos. Uma sina universal. A solidão de cada qual tem uma história. Um enredo vagabundo cujo epílogo amargura a quem o narra. Talvez uma história capaz de registrar, enquanto sofre, os dias vazios e a versão que se tem da própria dor. E igualmente diz respeito à memória que guardou os restos dos últimos anos, quando pensava nada ter que valesse a pena preservar. Meras lembranças que compensem o que se deixou de ter.

Às vezes, na ânsia de contar a história do mundo, pois este é o grau da minha ambição de andarilha, apalpo o que está próximo na esperança de obter a chave do tesouro cerrado e que jamais esteve ao meu alcance.

De repente a porta vizinha à minha casa abre-se e o dono se despede sem passar a chave no lar. Indiferente a que eu roube o que há dentro e que não valoriza. Talvez aspire a que o privem de sua história pessoal, lesem seu ser, para tornar-se personagem da escriba Nélida que diz admirar. Uma história que eu decante como um bom vinho tinto, e assim o salve do anonimato. Portanto um assalto típico dos anais da literatura, e que o retiraria das biografias inconclusas. E de cujo enredo eu careço para não deixar em branco as páginas dos livros do seu tempo. Afinal não é a história alheia um bem público com o qual erigir a trama emocionante e insensata?

Há instantes, porém, que reduzem o grau da solidão e tornam a vida mais grata. Nem sempre os identifico, ou sei por que ingressam sala adentro. Medito e hesito em responder. Para tudo disponho de múltiplas consciências, nem sempre seguindo juntas. Sobretudo em relação à moral e à estética. Ambas destacam-se no espaço acústico da vida, onde cabem as vozes que se igualam à deslumbrante turbulência coral da Nona de Beethoven.

DESTINO

Cada qual é senhora do seu destino. Forja a sequência de seus dias. A experiência alheia não é um legado transmissível. Herdamos a história coletiva, mas nossa exegese pessoal contraria a versão imposta. Convém, porém, que a mulher, nos seus verdes anos, jovem pois, se sensibilize com os personagens saídos das páginas da história, mesmo quando sejam evocações distantes de sua época.

Não se dê ao luxo de dispensar o que vê, o que ouve, o que lê. Exercite debater consigo mesmo, pôr à prova sua opinião, para testar suas convicções. E que não haja dispêndios em sua vida. Tão logo desperte, esteja cônscia do quanto é fácil fracassar, travar a índole do seu futuro.

NÉLIDA PIÑON

Desde jovem pautei-me pela clave da resistência.
Havia que rejeitar qualquer proposta que combatesse
a tenacidade, o espírito público, a coragem de viver.
É mister prosseguir. Não acreditar em milagres, nem
em cenários idealizados ou idílicos.

SONHOS

Sonho com as peripécias que a vida não me deixa viver. A expectativa de aguardar o advento da aventura supera a própria épica privada que estou às vezes vivendo.

O FARDO DA VIAGEM

Em meio à neblina do porto de Vigo, as cortinas de uma nova memória se abriram. Reverenciei então o fardo de uma viagem graças à qual carreguei nas costas uma outra pátria, além do Brasil. Como se não me bastasse um só território para responder pelos desvarios do mundo.

O pai e os avós tinham carteira de estrangeiros, mas afirmavam pertencer também ao Brasil. Um estigma perturbador, quando amavam as duas terras com igual intensidade. Pensei um dia pedir-lhes que me esclarecessem sobre que classe de amor sentiam pela terra que os acolhera e onde haviam semeado filhos e netos.

Eu sofria que, como estrangeiros, fossem desfalcados dos direitos que eu tinha assegurados só pelo nascimento. Para compensá-los, valorizo cada ato

UMA FURTIVA LÁGRIMA

provindo deles e que espargiram em torno. Enlaçados, porém, com a memória brasileira, nada ocorrido nestas plagas era-lhes estranho. Tinham, portanto, densas lembranças do meu país. Como eu, amavam a paisagem da baía de Guanabara, cuja beleza por acaso me entristece. Mas, no esforço de ofertar-lhes a retaguarda brasileira, sabia serem indissolúveis os vínculos existentes entre a terra galega e o meu empenho moral.

Aprendia ser parte de uma família imigrante. De uma grei que, ao abandonar a própria terra, correra o risco de imergir na depressão, de vestir-se de luto, de perda de porções da alma. Mas havia que aceitar minha gênese. Ter no alforje de vida uma provisão de lendas, de seres inquietos, falando-me todos em uma língua no início áspera, até entender uma cultura que levou os amigos a me abraçarem com os olhos marejados.

No colégio Santo Amaro, de madres alemãs beneditinas, eu me dispersava a fim de o meu imaginário ampliar-se. E crescia o saber provindo da Bíblia, da literatura, da música. Cada livro lido trazia-me uma pátria nova, que eu incorporava às outras anotadas nos cadernos escolares. Assim, ao ganhar um dia, abolira o anterior.

Levada, porém, pela tentação de inventar o país do pai que eu visitara, aprendi a língua galega, saboreei a comida, percorri o prado e a montanha. Participei de cerimônias secretas, sem tradução. Aprendi que fôramos condenados à intensidade das coisas. E que aquela cultura arcaica impedia desperdício. O eco do coração galego afirmava-me que o mundo era narrável.

ROSTO DE DEUS

Ignoro o rosto de Deus. Sua mirada atenta e devoradora. Algumas vezes quis-lhe encaminhar a palavra, que é matéria humana, mas falhei. Para os mortais, Deus é um transeunte a caminho da solidão cósmica. Temerosa, deixei meus pertences à sua sombra. Sei bem que o mundo, em sua totalidade, é vizinho de Deus, que tem a autoridade que me falta. Sofro, pois, o peso da frustração, de saber que não me pertence o verbo da lavra divina. Ignoro, portanto, como me dirigir ao Senhor.

Ainda assim insisto em ser ouvida por Ele e pelos demais. Embora Deus não seja a essência do meu discurso, e eu não seja a sua fala, que não a reproduzo, a vida adverte-me que mereço o silêncio universal. Também eu, seguindo as pegadas do Senhor, temo o fracasso da sintaxe humana.

Diante da face divina, sujeito-me a este vale de lágrimas e a esta planície onde tudo reverbera. E a existência aflora em seu esplendor, como a percorrer um córrego de águas frescas. Resta submeter-me ao ardil do tempo engendrado pelos humanos.

Mas por que será que tudo é breve no cenário que nos foi destinado? E não passo eu de mero instrumento dos sentidos que atiçam meu corpo, estilhaçam minha memória.

Há que se acautelar com tantos devaneios metafísicos. Afinal o projeto de Deus, em sua magnitude, empalidece o sonho do homem, supera qualquer aventura ou medida. Equivale a acercarmo-nos do epicentro da terra e desconsiderar o gosto do toucinho brasileiro.

A fé, contudo, é um assombro. Exige que louvemos seu mistério com as mãos cheias da água da fonte. E amorteçamos sua fortaleza com o assomo da incredulidade.

BALIZO

Balizo aspectos do cotidiano por meio de cartas embaralhadas provindas de leituras esparsas. Reajo, contudo, aos versos decifrados que em nome do poético cerram as portas à minha percepção. Frequento com assiduidade as páginas da História. Desde Heródoto, Tucídides, até os anais dos historiadores modernos. Atrai-me a imaginação dos mestres da história. Como eles, imersos nos papéis em frangalhos, cotejaram com acerto fatos isolados, talvez desprezíveis, com outros à deriva do seu tempo. Uma devoção a um passado que toca praticamente o início do mundo, no empenho de ressuscitar mortos que resistem à obscuridade a que foram relegados. Cientes, estes pesquisadores, de que a realidade histórica, carente de veracidade palpável, exige provas, informações acumuladas, a ponto de compor por inteiro uma época há muito soterrada.

NÉLIDA PIÑON

Indago como o historiador confirma a correção das suas conjeturas, ordena a exatidão de sua narrativa. De que forma asseguram eles a postura infeliz dos personagens derrotados na Primeira Guerra Mundial ingressando na Galeria dos Espelhos para dar início à cerimônia de assinatura do Tratado de Versalhes. Como ficcionista, que também lida com o improvável, imagino o grau de perspicácia destes especialistas em avaliar as áreas de risco sobre as quais se movem para avançar nas suas conclusões. Qual a sequência dos fatos adotada para camuflar erros e imprecisões. Qual o jogo amoroso que acaso se estabelece entre quem fixa os tempos da História e os partícipes, reis ou plebe. As falsas simetrias que emergem da humanidade do historiador. Não derivam os diagnósticos de análises impressionistas? Não são todos narradores e protagonistas, partícipes constrangidos diante de qualquer instante que se capte da História? Não são todos vítimas involuntárias do rígido cerimonial da vida, quando se prestam a desfilar diante do espetáculo da história?

Acaso estes seres que manuseiam documentos, fotos, paisagens petrificadas, perpetuam versões com as quais consagram reis, generais, povo, em que até a escravidão prospera? Tudo, enfim, que faz parte do dramático horizonte humano.

OS OLHOS

E stou sofrendo severas limitações na visão e nada há que fazer a respeito, segundo afirmam oftalmologistas reputados. De Paris, Oviedo, Barcelona, Rio, Belo Horizonte.

Ao menos até agora colho as más notícias como se falassem com outro ser que se abstrai de ali estar. E digo para mim mesma, à guisa de atenuar dias sombrios, dever-se esta referida degeneração de haver eu me excedido no afã de enxergar o mundo. Como consequência, alguém, ou a vida com sua voz soberana, chama-me a atenção pelos meus excessos.

Penso no que me ocorre e não sei exatamente se minha atual complacência seguirá sendo a mesma quando já não enxergue. Torne-me tecnicamente cega em uma idade de difícil adaptação à realidade concreta, à rotina cotidiana. Sobretudo quando não possa mais ler e escrever, que são minha vida.

Não reclamei nem para os íntimos. Mesmo quando já começou este calvário. Mal leio, escrevo com dificuldade, mal distingo quem seja de longe. Mas sempre confiei na bondade alheia, como dizia Blanche DuBois, assim usarei quem esteja perto para me servir de apoio. E serei bem acolhida. Importa-me seguir desenvolvendo minha capacidade de viver. E quando cesse este arfar secreto, veremos.

DESPERTAR

Ao despertar, finjo que sou feliz. Apronto-me para fazer a lista dos manuscritos, livros, os dias vencidos. Meu testamento literário designa quem vai no futuro dar destino aos bens havidos. O testamento não passa de um mero papel. Mas tranquiliza-me.

AVANCEI PELA CRIAÇÃO

Avanço adentro da criação. Aos poucos supero os pedregulhos da linguagem. Atada a conceitos estéticos nem sempre acolhedores, faço um balanço da existência sem fugir das lembranças pungentes.

Em cada frase conduz-me a fome pela vida, que ainda me sobra. Vejo-me refletida em um espelho realista que contraria meus interesses. Não quero ser Nélida, a escritora, mas a vizinha anônima.

Como servidora das turbulências humanas, associo-me aos sinais imperceptíveis do cotidiano. Agradeço. Cabe-me ser a mulher que arde como uma sarça ardente.

O PODER DO CORPO

Constrange-me o poder do meu corpo capaz de superar o clamor da mente.

MINHA GREI

Desde cedo aprendi ser parte de uma família que ao abandonar a própria terra, do outro lado do Atlântico, correu o risco, ao atracar no Rio de Janeiro, de vestir-se de luto, de perder pedaços da alma que dificilmente recuperaria.

Sem compreender eu, então, em meio aos ruídos da infância, o significado desta dualidade, de ser duas pessoas em uma só, obrigada a absorver uma crença e repudiar outra. Foi quando intuí que convinha aceitar esta espécie de apostasia a fim de colher aos poucos os efeitos de qualquer tipo de fé.

Entendi também que os excessos do coração me engrandeciam. Convinha ser tudo que eu pudesse acumular. Afinal entesourar os bens humanos abre as veredas do conhecimento. Acatar, assim, o amálgama advindo do Brasil e de Espanha correspondia a decifrar o meu mistério pessoal.

UMA FURTIVA LÁGRIMA

Sem dúvida a literatura me ajudou a palmilhar este caminho áspero, mas instigante. Através da leitura e das palavras que esboçava no caderno escolar, fui acumulando as irradiações culturais semeadas pelos nômades, vândalos, peregrinos, anacoretas, funâmbulos, dos quais me fiz herdeira. Enquanto colhia os saberes dispersos, produzidos antes mesmo das chispas do primeiro fogo. A ideia de que deixáramos séculos para trás motivava-me a explorar a imaginação. Licenciava-me ser a ibérica Dama de Elche, que Natália Correia, grande poeta lusa, julgou ter eu herdado algumas de suas feições. Como consequência destas analogias imprevisíveis, ia eu lançando à minha corrente sanguínea o mundo por inteiro. Visitava certos séculos, pelos quais tinha preferência, com ânsia açodada. Queria que me obrigassem a pensar à exaustão. E é o que eu fazia. Era bárbara e civilizada, a combinação necessária. Também ibérica, galega, espanhola, lusa, intrinsecamente brasileira, após cumprir os rituais e remar pelo Mediterrâneo que por milagre desemboca no Atlântico.

A ARTE NÃO PECA

Em que tempo de vigília vivamos, a arte não peca. Desde tempos imemoriais sua moral bordejou o abismo da consciência e a voragem da linguagem. De instinto libertário, ela desgovernou o mundo falsamente assentado sobre pedras, tornou possível uma narrativa cuja construção mental esteve sempre a serviço do entendimento humano. Uma constatação que explica por que momentos constitutivos da nossa origem revelam-se em simples gesto concebido ao longo das trevas dos séculos.

A arte não aceita juízo de valor. Oriunda das crateras do inconsciente, sua soberania rejeita o criador, que, entregue à libertinagem mercantilista, não cumpre o dever de revelar os veios poéticos do verbo e os desígnios secretos da narrativa. E que obstrui a estética que, cingida ao humanismo e à

UMA FURTIVA LÁGRIMA

vocação transgressora, espelha uma ética propícia a inibir os excessos da voracidade humana, a operar sobre a ara do pensamento. E isto para que estética e ética, ambas enlaçadas, deem curso à defesa dos interesses da sociedade, sobreponham-se à crueldade, ao mal absoluto.

A intrínseca filosofia da estética, contudo, oferta--nos a pujança do real. Interpreta os credos, a teologia, o estatuto do pensamento, os acordes musicais, o alimento, o verbo, os nomes de batismo. Primoroso conjunto sem o qual não sabemos quem somos. E, inseparáveis, estética e ética ainda, refugiam-se sob os auspícios da cultura, que é uma argamassa comum às duas. E que, embora semeie a discórdia, reconhece-nos filhos da sua pregação, da sua grandeza, de tudo que se origina de sua cerrada malha.

A estética, porém, parte visível da arte, é uma força motriz presente nos instantes históricos e íntimos. Ao abrigo do conjunto das ações humanas, sua atuação é proteica, assume formas variadas, modela um caráter que oscila entre o insidioso e o benéfico. Daí ser a estética, no exercício da arte, difusa, inconsútil, arcaica, carnal, mística, transcendente, arqueológica, moderna, tradicional. Senhora de uma imaginação favorável a expressar as contradições que permeiam o inquieto e insensato coração humano sempre na iminência de naufragar diante dos subterfúgios da arte.

Desde remota antiguidade, o fundamento da arte foi o caldo da experiência vivida e a exacerbação do caos. E, no afã de validar o seu humanismo, careceu de acumular saberes e intrigas, de aliciar o mistério havido à beira dos umbrais do mundo.

Coube à arte igualmente responder pela língua e pela colheita das batatas, alimentar nossa atração pelo cósmico. E ainda expor as diversas maneiras de o homem inventar o cotidiano, traduzir as aflições, a finitude, os laivos ilusórios, as ambições desajustadas, a fome do pão e do ouro.

De qualquer ponto de vista, a arte suscitou alvoroço. Atravessou o ápice da tragédia grega, o panteísmo de explosão feérica que sujeitava os homens ao beneplácito dos deuses até o advento do Cristo que inspirou a criação de um discurso revolucionário, de ampla aptidão dramática. No curso de tal gesta facultou ocorrências cuja feição poética, inerente à própria arte, repudiava expurgos, fronteiras rígidas entre o sagrado e o profano, a desvalorização do faustoso, do licencioso. E isto porque, sendo a moral da arte fundamentalmente espúria, ela prestava serviços indistintos a todos os povos, a todas as classes, a todos os tempos, às civilizações havidas. Até mesmo aos ferozes intérpretes como os goliardos, aqueles poetas do medievo, que abusavam da linguagem escatológica.

UMA FURTIVA LÁGRIMA

A arte sempre esteve no mundo. Surgiu quando as primeiras chamas projetaram silhuetas nas cavernas, enquanto a argila convertia-se no primeiro vaso com estirpe criadora. Um fenômeno a partir do qual ganhou salvo-conduto para acionar atividades que multiplicaram o repertório das ideias e dos feitos. Na crescente expectativa de que aflorasse de repente um talento prestes a apregoar reformas estéticas, cisões sociais progressistas, a fim de enriquecer a civilização. Como escritora, a plenitude do meu ofício levou--me ao âmago do saber. À compreensão de não caber à criação espargir falsas noções paradisíacas, reconciliar contrários, erradicar divergências, facilitar reconciliações. Pois ao ser a arte mercurial, havendo aflorado de condições desfavoráveis, do arsenal de metáforas, das fabulações, dos sentimentos inaugurais, não respondia necessariamente pela paz entre os homens.

Ao contrário, por emoldurar o sublime, o monstruoso, o benéfico, o nefando, a arte injetou na criação a turbulência anímica, metabolizou a existência, minimizou e magnificou as ações negativas. Enquanto impunha ao espírito do criador a semente da inquietude, da inconformidade, da perenidade do verbo, do desencontro com o real. Sobretudo a adoção de uma filosofia que projetava o homem ao centro do mundo.

NO INÍCIO DA NOITE

Quantas vezes, no início da noite, dei voltas no travesseiro, tomada por uma febre que me advertia do assombro provocado pela arte. O convulso desejo de me julgar capaz de avançar pelos meandros de certo projeto romanesco há muito me dando as costas.

Um estado febril que me assegura fazer parte de uma linhagem à mercê da linguagem criativa. Aflita, portanto, por afugentar os solilóquios mesquinhos, por manter-me à borda do abismo, por irmanar-me prazerosamente com aqueles escritores que cederam seu sangue a fim de me fazer feliz. Uns sublimes aventureiros da narrativa que me regalaram títulos e personagens com esplêndidos galardões. Deslumbrantes viajantes da alma humana, inesgotáveis mentirosos. A mentira que reveste nossas ações.

UMA FURTIVA LÁGRIMA

Assim, para segui-los, guardei sempre, intacto, e em grau distinto, o espírito de aventura. Como eles eu viajava pelos quintais da vizinhança e por dentro de mim mesma. Nenhum desses autores me conciliou com os mansos limites da casa, ou atou-me aos grilhões do lar. Desde a tenra idade exigi que os livros me desalojassem do eixo da alma, este território insuficiente para minhas inquietações. Sem comiseração, cobrava desses doces e exauridos heróis reconforto para a pedregosa caminhada de qualquer de nós.

Julgava-os feiticeiros que, sob o impulso da pluma, e entregues à tarefa de envenenar a realidade com suas diabólicas conspirações narrativas, ensinavam-me a conhecer os labirintos humanos. Também eles sendo tecelões de enredos vividos pelos seus recalcitrantes personagens, mas jamais por eles.

Sempre invejei deles o raro dom de navegar pelas ações humanas, de dar-lhes rumos inesperados, como obrigar Ulisses a atracar finalmente em Ítaca, após tantos anos de ausência, e responder por seus deveres conjugais.

Foi mediante seus recursos, e suas palavras, que a realidade entrou-me corpo adentro. Um exercício de sedução que ia ampliando a cada dia as fronteiras do real. Eis o milagre da arte.

OS MITOS AMIGOS

O melhor da viagem é prolongá-la através dos recursos da memória. Se possível exagerar sobre os feitos vividos e fazer crer aos demais que qualquer um é herói tão logo deixa a casa e põe os pés na estrada.

Ansiosa por cumprir a rota da aventura, cheguei ao Cebreiro pela manhã. A emocionante porta de entrada de Galícia para os peregrinos que escolheram o Caminho Francês para chegar a Santiago de Compostela. Uma região que fascina pela beleza e pela evocação mítica.

Lá estava eu, com cajado, mochila e a concha em torno do pescoço, querendo à força ser um personagem medieval saído das crônicas de Calixto, prestes a falecer em defesa de suas convicções de andarilha que palmilha o mundo. Alguém que em tempos pretéritos participara das sagas vinculadas ao Cebreiro, de onde

UMA FURTIVA LÁGRIMA

teriam emergido o Amadis de Gaula, grata figura do repertório lendário, também mencionado por Dom Quixote, e inscrito talvez no próprio Santo Graal. Cebreiro surgia esplêndido à luz do sol. Graças ao jogo de luz destacavam-se suas *pallozas*, último testemunho de edificações célticas. Cabanas montanhesas feitas de *pizarra* escura e palha.

Em seu interior, os homens viveram agrupados, sob o impulso de atos ferozes e gestos inaugurais. Cada corpo suprindo o outro com vida, enquanto narravam histórias.

Confrontada com esse universo, senti fome e vontade de chorar. Assaltada contudo pela ilusão, reparti o pão, o presunto e a pera entre os mitos que me acompanhavam. Confiei, humilde, que eles me suprissem com seus enigmas. Em seguida, contrita, ajoelhei junto ao altar do santuário, do século IX. Modesta arquitetura, com as três naves de inspiração basilical. No entanto, as toscas imagens dos santos não me pareciam severas. Decerto eles falaram a precária linguagem dos homens. Naquelas paragens onde o mundo pagão mistura-se ao cristianismo. Santos e deuses caminhando de mãos dadas. É hora, pois, de despedir-me das cores, dos cheiros e dos heréticos locais. Descer a montanha em direção ao vale.

Quantos mitos estarei levando na mochila da memória?

ÉTICA

A ética estabelece uma pauta de conduta que aprisiona ou libera. Atua na área da consciência e do coração, como se ali uma vez estabelecida se encontrasse a salvo dos delitos cometidos.

Mas que consciência é esta, maleável e flexível, cheia de artimanhas, que, assoberbada por crimes e pecados, torna-se maliciosamente abstrata a fim de esquivar-se de qualquer ação punitiva e ganhar o diploma da inocência? Que perniciosos somos.

INCONFORMIDADE

Não sei se é carta de amor. Mas aqui seguem a minha ira e a minha inconformidade.

UMA NAÇÃO

Uma nação se constrói sobretudo com os olhos, o cansaço, o sonho, a ilusão e a morte dos que labutam diariamente, e desse modo se preparam para admirar Da Vinci, Cervantes e Machado de Assis.

AS CORRENTES DO AFETO

Eu sempre soube que conheceria a pátria da arte e da família. Havia que rastrear a origem e as pegadas do meu assombro, que os avós, chegados à América, inculcaram na minha alma como marca de distinção. Para que ao comer polvo e feijão assumisse acordos irrenunciáveis.

Espanha estava ao meu alcance. Desde cedo, sua magia incandescente desalojou-me do centro para tornar-me uma mulher de duas culturas. Ajudada em especial pelos relatos que, ouvidos no tablado da mesa de jantar, faziam da vida um livro de aventuras. A revelar, por exemplo, como Cid, el Campeador, atado ao seu ginete, já morto, conquistara Granada. E armava-me em conhecimentos para remover o que deslustrasse Espanha. Cerrava defesa em torno dos ideais ibéricos, tais como a diversidade linguística, a paisagem mediterrânea, cantábrica e atlântica, a mestiçagem devida ao sangue estrangeiro derramado na península.

Ouvia arrebatada os refrãos, e lia sem parar. Os enredos tinham o mérito de propiciar vazios que a imaginação preenchia, e de elucidarem sentimentos que, conquanto visionários, eram também de minha lavra. Há muito compreendera como o imigrante, minha grei, atenuava a dor sentida pela perda da pátria em troca da invenção do novo país que constituiria herança para os filhos.

Cruzei o Atlântico em sentido contrário ao dos avós e do pai, uma viagem que selou minha sorte. Conheci, então, uma Espanha mística, dramática, pungente, pobre, ocupada por lendas, utopias, por uma alma que nem Quevedo captou com suas filigranas poéticas. Uma substância que ensejou a arte paleolítica de Altamira, as aventuras marítimas, o projeto linguístico de Nebrija, a ânsia concomitante pelo absoluto e pela anarquia, os fanatismos que se arrogavam o direito de falar com Deus.

O arroubo vital que emanava do povo dos avós e do pai, e que me fazia rir e chorar, tecia as linhas de uma apaixonada existência graças a Teresa de Jesus, a Goya, a Picasso, a um Velázquez cuja pintura narrava o mundo. E a um Cervantes que atribuiu

UMA FURTIVA LÁGRIMA

à linguagem inventiva a universalidade capaz de traduzir os parâmetros humanos.

Às vezes, indagava-me se acaso falhara com Espanha ao não atender os apelos do meu coração, ao não considerar o poder de sua memória. E se, devido a esta negligência afetiva, não realcei devidamente as catedrais, o "canto hondo", as tradições familiares, o culto à comida, o paroxismo da paixão que ali viceja? Sei agora, no entanto, que ao haver assumido Espanha como parte da minha narrativa, aceitei fraturas internas, reverenciei o que devia da herança familiar, sem deixar jamais de amar devotadamente a pátria brasileira que levo comigo onde esteja.

Estou sempre pronta a confessar que jamais esqueci certo novembro nebuloso da infância, em que ao desembarcar em Vigo ouvi, em meio a desgarrados abraços, o som de um galego ríspido e arcaico, que me causou estranheza. Uma impressão que superei quando vi mais tarde nas lágrimas da tia Carolina a primeira doçura daquela gente. E nunca mais fui a mesma.

O BENFAZEJO CONVENTO

A mulher é um tema eterno. Em que época tenha estado ela incursa, desde a extravagante versão de responder pela perda do paraíso ao ter imposto ao débil Adão a maçã do pecado, episódio de rebeldia que Deus jamais perdoou, como ter sido vítima das mais desencontradas e maliciosas interpretações relativas ao seu desempenho histórico.

Isto dito, é fácil concluir que nunca foi fácil ser mulher, corresponder aos ideais que sua figura lírica, poética, corrupta, dama do mal, diva da luxúria, guardiã do lar, sempre inspirou. E conquanto tenha sido tão difícil definir o seu papel na formação das sociedades humanas, ou desfazer o duvidoso véu do mistério tecido em torno dela, talvez seja hoje possível arregimentar considerações que lhe façam justiça e reconheçam os terríveis sacrifícios que lhe foram impostos em todas as épocas.

UMA FURTIVA LÁGRIMA

Ao frequentar as fascinantes páginas da história pregressa, destaco as épocas em que era impossível à mulher alimentar uma mínima réstia de sonho que lhe desse esperança de ser feliz. Sem dúvida períodos ingratos em que havia razão de a mulher fugir apavorada do lar, sem olhar para trás. De atravessar a ponte levadiça de qualquer morada, e nunca mais regressar. De ser capaz de matar no coração as figuras do pai, da mãe, das memórias que a agrilhoassem. A partir do século XV, refugiar-se nos conventos, que constituíam decerto um território ideal, era driblar as garras de um destino que lhe roubava o prazer de viver. Embora cruzar os umbrais deste novo lar significasse privar-se para sempre dos banquetes da carne, das algaravias dos festejos saturnais, entregue a um regime de carências e escassez. Quando à noite, após a sopa rala, o pão, e intermináveis orações, recolhia-se à cela em cujo catre fortificava a fé em meio às lágrimas, sem o consolo de atritar-se contra o corpo alheio. Para muitas mulheres, contudo, viver no convento era eximir-se de servir a um senhor prepotente e cruel que praticamente a encerrava no serralho como escrava. Significava fugir da fatalidade de parir um filho a cada ano e morrer antes dos 25 anos, como ocorria até com as rainhas.

Devo confessar que me solidarizo com as mulheres destes séculos difíceis. Entendo suas decisões, seus questionamentos. Também eu as teria imitado caso tivesse nascido em séculos que me condenavam ao desterro, impedindo-me de arfar, de caminhar por onde fosse, de fazer opções vitais. O que não pagaria eu para sentir o gosto do delírio do espírito e da carne, para me esquivar do trágico mundo que me ofereciam pelo simples fato de haver nascido mulher. Só que eu, se pensasse de fato que jamais sairia daquele convento sinistro disposto a roer minhas entranhas a fim de eu não sentir a força do desejo, eu reagiria. E levada pela paixão da aventura, em vez de me internar em um mosteiro, fugiria da casa familiar usando trajes masculinos, simulando ser quem eu não era. Antes, porém, me acautelaria com a realidade que havia fora do calor do lar. Assim, às escondidas, enquanto amealhasse aos poucos moedas que me permitissem subsistir, teria treinado com a espada, um instrumento indispensável para a aventura que estaria a ponto de dar início.

E teria outros cuidados, como aparar os cabelos, exercitaria atos e gestos masculinos, tudo enfim que me livrasse na aparência do fardo de ser mulher. Assim, após roubar tesouros familiares, e escolher um baio confiável, cavalgaria pela floresta europeia adentro, até repousar na mesma taberna em que a rainha Cristina, da Suécia, no filme, vê-se obrigada

UMA FURTIVA LÁGRIMA

a repartir a habitação com o embaixador espanhol, acabando por ter com ele uma relação apaixonada. Mas comigo não seria assim. Pois como cederia aos impulsos de semelhante amor se justamente eu fugia do poder marital, da possibilidade de ter filhos, de ser devolvida ao castelo do qual escapara? Disposta a prosseguir e enfrentar percalços, deveria aperfeiçoar a arte de ser macho. Com a crença de alcançar no futuro a paragem utópica onde voltasse a ser mulher, livre de encenar um sexo que nunca fora meu. Só que me vendo de novo presa de uma sociedade que não me deixava em paz, talvez devesse retomar outra vez meu disfarce e rumar para Jerusalém.

Sem consultar o mapa, desta vez tomaria o barco para atravessar o Mediterrâneo, e desembarcaria não distante de Tebas, onde me abrigaria em uma cova na qual habitaram outrora os padres do deserto do século IV. Aqueles santos cujos enredos me exaltavam tanto. Neste refúgio, evitando ser identificada, ou descobrissem ser eu Nélida, molharia o pão endurecido nas águas turvas de qualquer poça para matar a fome. Iria me tornando, sem querer, um infeliz ermitão engolfado pelo deserto, quando pretendera tão somente ser uma mulher libertária ansiosa por contemplar Jerusalém.

Finalmente, já na vizinhança das muralhas, cercada por sarracenos, envolta em batalhas que não eram minhas, haveria de temer que descobrissem ser eu mulher. Sujeita, portanto, ao estupro, a ser recolhida a uma tenda da qual não sairia sem o consentimento do amante. Jamais voltando a desfrutar da aventura, por exemplo, de amar quem quisesse, e de fugir para a Mongólia logo que cessasse o amor. Em qualquer hipótese, caros leitores, que triste destino era o de ser mulher.

AMO AS CIDADES

Amo as cidades, mas nutro nostalgia pelo campo. No descampado estão os animais de que sou herdeira. A vaca, sobretudo, pela sua mansuetude, é mãe de todos nós.

As cidades são um alçapão. Caímos no fundo delas para nos protegermos dos malefícios humanos. Mas também quando elas acendem as luzes, ofertam o esplendor da beleza acumulada ao longo dos séculos.

Durmo na casa amuralhada pela cidade. Absorvo os benefícios do paraíso que existe em meu ninho. Temo que a realidade da urbe me lance ao inferno para viver de perto a aliança entre o pecado e a santidade. E assim, constituídos desta forma, cruzamos a praça em direção ao mercado.

Paris me atrai, mas sou infiel a ela. Como sou em relação aos demais feudos. Há tanto que descobrir

NÉLIDA PIÑON

e tanto que abandonar na terra. Aliás as aglomerações humanas atualmente me assustam, contrariam o silêncio das aldeias, que estão fincadas em minha memória.

Onde esteja, porém, penso no presépio urbano ideal, onde instalar minha manjedoura. Mas a melhor cidade, no entanto, é o meu lar cravado no Rio de Janeiro. Amo também outras terras onde vivi, tenho amigos e fui feliz.

MEU UNIVERSO

Meu universo serve à palavra e aos seres que pensam, sentem, arfam em torno desta matéria sutil e complexa, fina como o traço de um desenho que se esboça com mãos trêmulas e o coração constrangido e contrito.

RIO, DO BRASIL

Meu coração recrimina quando ajo como se o Rio de Janeiro não merecesse ser a cada golpe inaugurado pelos meus olhos. Não fosse em si uma dádiva que me chegou junto com a vida que arfa teimosa. Uma paisagem cuja beleza é centro da fantasia brasileira, nela estão encravados os mitos nacionais.

Com estofo de heroína, aguento as benesses e os malefícios, examino os efeitos de seu repertório urbano na psique carioca. De caráter dual, espécie de Juno de duas faces, o Rio oscila entre pobres e ricos que esbarram nas esquinas sob falsa harmonia social. Contudo falam todos a mesma língua, a despeito dos tropeços gramaticais. Aliás, no capítulo linguístico, o carioca demonstra pendor para narrar. Seu humor inventa histórias que não viveu. Mas perdoa quem o

UMA FURTIVA LÁGRIMA

lançou ao fogo do inferno e merece o cárcere. Pois sua frágil cidadania não ausculta as graves mentiras que lhe contam. Acolhe os políticos como membro da família.

No teatro carioca, as classes sociais simulam entender-se no período carnavalesco ou diante de uma desgraça. Os desprovidos da sorte ainda confiam no que lhes prometem os donos do poder público. O Rio é belo, sem dúvida, mas não lê. Quase todos igualam-se na escassez de conhecimento. Não dispõem de um arsenal de saberes que apure os seus direitos cidadãos. É uma cidade musical. Domina o Stradivarius e o tamborim. Seu carnaval dita pautas temporariamente felizes. Descendo das comunidades, as escolas de samba causam assombro com sua refinada estética. Sua arte maior sara as feridas, reconcilia-nos com a vida indigna.

Cumprimos no Rio, berço, ribalta e cova nossas, as etapas de nossas biografias. Devemos à pedagogia da cidade a esplêndida mestiçagem. Ela é o epicentro do Brasil, a metáfora eternizada por Machado de Assis em sua obra.

É proibido, porém, contemporizar com as mazelas morais com que tentam abortar o Rio. O veneno que a elite política nos injetou, há que vomitar. Mas como amo esta urbe, afugento o desencanto. Há que restaurar a cidadania ofendida. Entoar o hino pátrio enquanto exaltamos o privilégio de viver sob a resplandecência deste céu que se abate azulado sobre nós com a força do seu mistério. Estou cansada de pessimismo. Mas estou proibida de ser otimista.

IMERSÃO

Sinto-me às vezes imersa em uma placidez quase ameaçadora. Em especial ao exercer o direito de me isentar de prestar contas dos meus sentimentos, de tornar públicas minhas admoestações relativas às impiedosas normas da contemporaneidade.

Reflito sobre a banalidade metafísica e cósmica e dou-me conta do quanto é penoso ser mortal. Como consequência enveredo pelas trilhas traiçoeiras do pensamento e sujeito-me à incômoda finitude humana, ao silêncio que apaga de vez meu alvoroço verbal, e tudo mais que amealhei ao longo das estações. De nada valendo pedir prorrogação dos dias, ou fazer valer meu falso protagonismo.

VÍTIMAS DO TEMPO

Somos vítimas do tempo que nos espreita. A ele lhe cedemos a vida quando é chegada a hora. Neste imperceptível momento mal damo-nos conta de sermos bárbaros que desperdiçaram a vida com joguetes e palavras vãs. Sem julgar oportuno entender nossa humanidade e o mundo por onde transitamos.

A vaidade é a matéria-prima que nos corrói. Usamos tampão para não ouvir o clamor do carrilhão do tempo a nos advertir de que a beleza fenece, assim como a arte.

Não somos sábios ao lidar com os anos. Damo-nos ao luxo de desperdiçá-los. De nos crermos donos deles, sem jamais pensar que eles fabricam a cada dia a nossa morte. Na verdade, somos uns insensatos.

VIAGEM INAUGURAL

Nesta primeira visita a Espanha, desfrutei de uma felicidade inaudita, duradoura, que me instava a percorrer o campo galego, como se fora dona de extensas terras imaginárias. Na iminência de dedicar a Galícia uma devoção imutável, incapaz de se dissipar.

Em meio à expansão de um amor que se prova às vezes algoz, entendi ser insuficiente trafegar apenas pelo meu século. Convinha auscultar outras circunstâncias temporais para melhor acolher o que lhe narrem, a fim de assumir como a palavra discursa a seu favor.

Imaginava-me cidadã romana acedendo ao tempo dos Césares, para assim salvar-me. Como tal não ser jamais crucificada nem enviada como escrava para as galés. Sabia que conquanto valera a Paulo de Tarso ser cidadão de Roma e falar grego, ele estranhamente sofreu de uma morte que não se devia aplicar a um romano. Eu, porém, enquanto defendo a ascensão universal, esquivei-me até hoje, na vigência da minha velhice, a pleitear a Espanha, por direito pleno, minha dupla cidadania, integrar--me, por conseguinte, à União Europeia, ainda que vários mandatários espanhóis me dessem o prazer de suas amizades, e me estimulassem a fazê-lo.

Para quem indaga meus motivos, alego uma história pessoal. Na verdade resume-se na memória que guardo do avô Daniel chegando ao Brasil com apenas 12 anos, após atravessar o Atlântico, tendo como destino o Rio de Janeiro, cidade onde veio a falecer aos 72 anos no Hospital Português, onde eu, menina, sentada no banco do corredor, ouvia seus gritos de dor, implorando, ao já não suportar seu calvário, por um machado para ele mesmo amputar a perna. Após o velório, pranteado por todos, foi enterrado no cemitério São João Batista, no mausoléu da família, sucedido por filhos e netos.

Os percalços de tal travessia em barco que não sei qual foi, e que teve início em Vigo, porto de onde partiam os galegos, me acompanham em cada frase que escrevo. Seus temores, sua esperança, seu sentimento da perda, estão comigo. E que jamais relego,

UMA FURTIVA LÁGRIMA

porque humanizam-me, levam-me ao pranto. Como esquecer o menino louro, de olhos azuis, desembarcando nos últimos anos do século XIX em uma cidade estranha, sem amigos, parentes, com escassas moedas, desconhecendo a língua, para finalmente assegurar-me, junto à mãe e ao pai, um lar, uma pátria, a pujança da língua portuguesa, a nacionalidade brasileira. Um regalo tão inestimável que me dificulta pleitear a Espanha a dupla nacionalidade.

É um refrigério ser brasileira, cidadã do mundo, enquanto a gênese familiar facilitou-me roçar o fulcro da poesia galaico-portuguesa, estabelecer analogias entre o arcaico e o que vem até os meus dias. A recordar o velho camponês de Cotobade, sentado à mesa, com um vaso de vinho tinto ao lado, esfregando um pedaço de broa de milho no toucinho cedido pelo porco que vi crescer na casa da avó, em Borela. E, conquanto consolidou minha visão narrativa, não pude suportar a dor quando mataram o animal a quem fizera dias antes declarações de amor.

Este conjunto de episódios estimulou-me a compor o romance *A república dos sonhos*, uma saga ou uma épica que cobre dois séculos do Brasil e outros tantos séculos da trajetória espanhola, incluindo as peregrinações medievais. E que, ao abordar a imigração, ressalta como os milhares de galegos, a caminho da América, cumpriram a rota da utopia individual e coletiva. A família de Madruga, porém, e suas ramificações, formam o alicerce narrativo. Como os Cuiñas, os Piñon, os Muiños, os Morgade, os Lois, fundidos com o sangue das aglomerações humanas, arrastam até o meu regaço o fardo da nostalgia, de quem ao perder sua terra jamais dispôs de tempo para construir uma outra que a substituísse.

Sou feita, portanto, de retalhos, dos escombros, da matéria de quem relata, sem os quais, em conjunto, a narrativa desfalece. Agradeço haver herdado a vida de cada um deles, e me vejo obrigada a impedir que voltem a morrer por força de minha ingratidão.

O PAÍS QUE QUIS

Nasci no país que quis, no continente que ampara minha imaginação. Não teria escolhido o século XX para viver, mas me resta fruir, graças à fantasia, outras épocas que me atraem. Como os séculos IV, XII e XVI.

Contudo aponto como um crédito a meu favor o fato de ser filha da língua portuguesa. Eu não a trocaria por nenhuma outra, ainda que não domine seus meandros, e me oferte armadilhas para me testar. Ah, língua maldita que tem a excelência do sublime e a insídia do pecado! Mas eu a amo com a ufania e o desespero de quem cria nela.

Entre outros haveres, destaco a família, os amigos, os bichos que são irmãos. Dão-me tanto que me envergonho às vezes de lhes pedir sequer um copo de água da bica.

NÉLIDA PIÑON

Também tive e tenho amores. Eles me nutriram de emoções e de sentimentos intensos. Cada segmento da vida incrementou minha fé em Deus, a fome de justiça. E finalmente a literatura é meu destino.

CARNAVALIZO OS SENTIMENTOS

Carnavalizo os sentimentos. Mas como agir? Acaso por meio de uma parúsia dionisíaca que, escondida no bolso da saia, estimula-me os paradoxos desvairados, os insolúveis conflitos brasileiros? Apelo para a máscara da ilusão. Ao levá-la na face, o inconsciente acusa a insidiosa presença da Medusa que atua na escritura, arte minha. Aterrorizada, arregimento energias para que o mito se prodigalize em mim e me faça maior do que sou. Penso na América que acomoda com facilidade os mitos em torno da mesa. O continente reparte com cada mito o feijão diário. Em tal paragem prodigiosa, a mulher, conquanto condenada à invisibilidade, tem a propriedade de ser astuta, em obediência à herança grega que maculava o feminino com tais epítetos.

Uma virtude que não me ofende, se julgo a astúcia o despojo dos vencidos.

Aliás, desde os primórdios acreditou-se ser o coração feminino regido pela dissimulação. Mas, se é assim, a astúcia enriquece o caminho da arte, favorece o uso da linguagem críptica, dos enigmas eternos. E igualmente compromete-se com os conteúdos paradigmáticos, participa da linguagem emudecida pelo idioma oficial.

Convivo com os homens nas diversas esferas. Observo, irônica, como se autointitulam reduto moral da sociedade, encarnando ainda hoje as excelências civilizatórias. Uma convicção que impôs ao código feminino amparar-se no frágil inconsciente, enquanto ia aos poucos recuperando a palavra que não falou, não escreveu, contrariando os ditados que a encarceraram.

Recente, porém, no universo da alternativa literária, a mulher adquiriu a capacidade de resvalar igualmente no mundo masculino e feminino. De adquirir a certeza de ser múltipla, portanto ela e o outro ao mesmo tempo. De assumir o corpo de qualquer personagem ao lhe dar nascimento. Seu útero, sendo a imaginação, adquiria a dupla condição de parir a própria poética e a do homem, seu filho.

UMA FURTIVA LÁGRIMA

A alteridade instigante confirmava ser ela proteica e estrangeira na terra. Desde a caverna também lhe tocara definir padrões, ser caudatária deles, apresentar-se como porta-voz da família e do mistério.

ROTINA

Sinto-me atraída pelo pensamento alheio, pelo cotidiano do outro. Gosto de saber o que as pessoas tomam no café da manhã. Não é a geleia ou o pão que em si me interessam. Mas descobrir o grau de prazer que abate os seres em confronto com a rotina.

Necessito enveredar pelas trilhas secretas, mas não tão íntimas. Assunto de cama, de sexo desenfreado, bem posso dispensar. Tenho condições de inventar o que se passa entre os humanos, mesmo me equivocando. Para este fim uso os recursos que acumulei para compor uma situação amorosa de caráter clandestino, dispensando intimidades sórdidas.

Visitar a alma do outro transforma-me em uma libélula, que voa para onde quer como dona de alguns rincões. Aplaino e pouso na sala da vizinha e

UMA FURTIVA LÁGRIMA

a vejo arrumada, a mulher enfeitando a mesa, trazendo as bandejas com o alimento quente, enquanto indica ao parceiro seu lugar do lado oposto ao dela. A mulher que observo às escondidas é diligente, serve o homem com esmero e exibe o seu poder de repartir os bens da casa. Mal ouço o que dizem enquanto se alimentam.

Tanto quanto posso, para não ser surpreendida, apreendo as palavras. São banais, como devem ser. A banalidade é o tema da humanidade. Ninguém aguenta a transcendência dos dias. O que se diz deve fenecer. Aquele casal corresponde ao meu ideal de escritora. É tentar saber qual a relação do homem com a sua própria felicidade. E se assumiu aliança com Deus. Eis um bom enredo.

SOU FUGAZ

Com frequência reparto o pão entre os demais. O inverno dos anos requer sopa escaldante e o abraço fraterno. Assim, mesmo a vida em frangalhos, sem previsões do carvão para combater o frio, vale lutar por ela.

Conquanto cristã, sou fugaz, cúmplice de um mundo taciturno e falsamente voluptuoso, enquanto os demais são eternos.

Observo as tessituras do cotidiano, as malhas que tecem sua urdidura, e me assustam os enredos dos homens. E intuo, pelo andamento da história, que a gesta engendrada por cada um de nós não apresenta um término feliz. Enseja que o melhor de nós seja consumido em vão. Sorte, no entanto, é que o labor do tempo lima a superfície da terra e não a gasta.

UMA FURTIVA LÁGRIMA

Quis Deus, porém, por força de sua misericórdia, que a árdua sobrevida humana fosse um ato imutável. Condenou-nos a sobreviver.

SERES TRÁGICOS

Como seres trágicos que somos, esbarramos na ambiguidade da nossa condição e nos limites da nossa linguagem.

Ativada pelos sentimentos e pelas injustiças sociais, nossa consciência se verticaliza e se irradia no afã de afiar os mil instrumentos capazes de narrar nosso enredo. Assim, confrontado com tantos desafios, com tantas funções humanas, levado a recensear a realidade para nada ficar sem registro, o escritor, para conduzir seu ofício, percorre corredores, planícies, subsolos. Onde esteja, faz explodir o tumor, a luz, a réstia de compreensão. E fracassa, como é mister.

SER MODERNA

Não me peçam que mencione os escassos favores ganhos da contemporaneidade. Ela não me deixou viver em plenitude os rituais arcaicos do mundo helênico, apagados pelo cristianismo e pela descarada modernidade.

Ser moderna atrapalhou alguns anseios pessoais. Como a imaginação desabrida, o fervor de certos saberes que me escapou. Antes, vislumbrava mundos soterrados, que agora esvanecem por conta destes profetas do banal que decretaram a falência do belo.

O amor, contudo, que nutro pelos séculos vencidos ainda me protege. Graças a este vínculo com gregos e outros povos, não tenho menor apreço pelas frivolidades de um mundo a que falta a pedagogia civilizatória.

Resta-me contar hoje com o pão da misericórdia que vejo escasso.

O PAI

O pai me amava. Quando saíamos, guardava no bolso recortes dobrados, publicados nos jornais da colônia espanhola. E bastava um amigo aproximar-se para ele assegurar a fé que tinha em mim: "A filha vai ser uma grande escritora."

Cedo manifestei certa vocação que julguei ao meu alcance. Queria traduzir a vida por meio das aventuras. Como singrar os oceanos, inventar histórias onde eu coubesse, vencer encostas e abismos. Imitar o que via nos filmes. Um cotidiano, enfim, que merecia ser esplêndido. Admirava os mocinhos, seres solitários que levavam na mochila presa na garupa do cavalo escassos pertences, e mastigavam carne-seca. Encarnavam a liberdade que lhes dava asas. Pégaso do oeste.

Ao ver-lhes a figura masculina resplandecente na pradaria, a enfrentar a morte sem temor, eu indagava

UMA FURTIVA LÁGRIMA

por que a figura da mulher não era uma protagonista combatente, com revólver no coldre atado na cintura, cavalgando ao lado do mocinho, disposta a salvar a caravana que se dirigia ao oeste americano próximo ao Pacífico. Para assim merecer ocupar um lugar de honra no panteão da história.

Até finalmente entender que, se eu pretendesse pleitear uma vida à altura das minhas fantasias, devia contaminar-me com o vírus da liberdade. E jurar, ante os deuses, que não aceitaria a existência acanhada.

Cônscia, porém, de que o entorno familiar, ou quem eu amasse, consideraria minha independência uma ameaça, passei a dizer, para ser ouvida, a frase ainda hoje vigente: "Todos os dias alguém bate simbolicamente à sua porta, convocando-nos a desistir. Seu dever é rebater com rotundo não."

A precariedade, contudo, que registrava em torno servia para me educar. Alertava-me dos riscos que corria só por reivindicar formas distintas de vida. Recolhia-me às vezes em um recanto, bradando interiormente o grito de alerta a fim de ser feliz. Enquanto premia-me a dor estampada nos rostos vizinhos de que não estava imune.

Os próprios livros de aventura insinuavam que a jornada humana iniciara nas cavernas tenebrosas, quando o fogo, projetando silhuetas nas paredes, ameaçava com a existência do bem e do mal. E tal fato a me alertar que podia eu soçobrar a qualquer momento. Contudo, a distância havida entre Vila Isabel e a pré-história, em meio às leituras cruéis, parecia proteger-me. Afinal o que podia significar este universo para uma menina brasileira que lidava apenas com os modestos desafios de sua inquieta imaginação?

WESTERN

O espírito de aventura é uma constante humana. A vida cobra peripécias e o western cede-nos preciosos ingredientes que alimentam a imaginação.

Assim Homero, Heródoto, Virgílio, Cervantes pautam o drama avassalador que permeia o gênero americano. Exemplo é o personagem Ethan, da obra--prima *Rastros de ódio*, que ao regressar à casa, após a guerra dos Confederados, na qual se refugiou por conta do suposto amor pela cunhada, defronta-se, em seguida, com a família dizimada pelos comanches. Desesperado, lança-se à vingança, enquanto se acentua nele o ideal do amor irrealizável. Ao longo de sete anos, em busca da sobrinha sobrevivente, seguido pelo mestiço Martin, que o supera na lealdade à família que o adotou, Ethan aprimora seu rancor e constantemente humilha o mestiço.

Como um clássico do cinema, o filme mergulha nas raízes gregas e suas tonalidades narrativas avizinham-se a um desenlace trágico. Um cenário propício, portanto, a que Ethan, inconformado com a sobrinha ser mulher do chefe índio, prepara-se para sacrificá-la, como Agamemnon imolou Ifigênia.

A expectativa de a sobrinha ser morta pelo tio a qualquer momento perpassa o filme. Abala-nos o sentimento da justiça bíblica que Ethan, como um deus cruel, encarna, e cujo coração não prevê regeneração possível. Enquanto seu rancor exaspera nossas oscilantes noções civilizatórias.

Vencido, porém, pela réstia de amor que ainda lhe sobrara, Ethan, na iminência de matar a sobrinha, toma-a nos braços e devolve-a ao lar, após aniquilar os comanches assassinos. E ao olhar o horizonte da porta da casa, dando as costas à vida doméstica, que nunca será sua, sabe-se condenado para sempre a uma implacável solidão. Um desfecho que condena o herói a atravessar o deserto sem jamais encontrar repouso.

O diretor John Ford, como mestre do western, depositou em John Wayne seu ideal de cavaleiro e desbravador do gênero, desde a cena em que Ringo, em *No tempo das diligências*, com a sela nos ombros, pede carona à diligência que se aproxima, trazendo

UMA FURTIVA LÁGRIMA

no seu bojo o sórdido banqueiro, a pudica grávida,
o médico alcoólatra, o cavaleiro sulista que é um
jogador ansioso por se redimir, o medroso vendedor,
e a prostituta Dallas. Um microuniverso tensamente
representado. Cena a partir da qual Ringo desequi-
libra a suposta paz social dos tipos mal acomodados
nos seus assentos e dá início à guerra entre os seres.
E faz a arte triunfar.

O ESPELHO

Ainda que me olhe ao espelho, atenta à face que envelhece, mantenho intacta a convicção de ser a arte exigente. Ela me quer jovem, bela, audaz, pronta a renovar o cânone em cujas portas bato esperando ser acolhida. Por força desta fé, a arte e a vida latejam em mim, mesmo quando, negligente, distraio-me, expurgo o que é valioso.

Eis-me oriunda de um mundo vasto, ocupado com deveres, agruras, encantos. Sei, assim, que a arte cuida também dos pequenos pormenores a fim de resgatar a trajetória humana. Uma história que, como a minha, adota subterfúgios para não ser transparente. Pois a arte, de caráter mórbido e agônico, está longe de ser meiga, gentil, passiva, como quem se deixa contemplar no mesmo espelho que a reflete.

UMA FURTIVA LÁGRIMA

Assim de nada vale fugir de seus tentáculos, fingir que a arte serve apenas para aparar e lixar as unhas com o intuito de não arranhar a pele. Pois não é assim. À arte falta piedade.

ARCAICO

O mistério é meu pão diário. Mal traduzo o mundo que desmorona em meu entorno com a desfaçatez de exigir esclarecimentos que não me obrigo a fornecer a quem seja.

Quando muito domino a cidade onde nasci. E ainda assim escasseiam as visitas que antes fazia ao coração profundo do Rio de Janeiro. Não sou como o amigo Rubem Fonseca, que, orgulhoso de haver pisado cada paralelepípedo, gastou sola do sapato nas ruas do centro antigo como um galgo de rara destreza.

O Rio tem a ver com a Atenas de Sócrates. Sua ágora está nas feiras populares em que se exercita a língua do povo. Entre suas barracas há sempre filósofo capacitado de esclarecer a psique carioca. Este epicentro sagrado da urbe ocupou outrora

UMA FURTIVA LÁGRIMA

proeminência no subúrbio e no centro, regiões que cederam espaço a outras inovações. Nós, brasileiros, manipulando com espírito demolidor, esquartejamos pedaços da nossa história na crença de a verdade pouco valer. De visita à rua da Alfândega, por exemplo, não me oriento como antes. Ressinto-me da cidade que perdi. O cheiro, contudo, que me vem em golfadas, considero familiar. Talvez provenha dos restaurantes portugueses, espanhóis, árabes, que frequentei levada pelo avô, e mais tarde por amigos. Tenho-os na memória. A vida é uma encenação, e somos atores na iminência de nos despedirmos do palco. Ah, a imaginação é voraz, há que provê-la com novidades.

O COTIDIANO

O cotidiano inibe. Inimigo do artista, ele responde pelas agendas obrigatórias, pelo celular, pelas redes sociais, pelo ganha-pão miserável. Esmaga a quem seja sem contemplação. Os nossos restos mortais não lhe dizem respeito.

A burocracia da rotina nos espreita. Desvaloriza os sentimentos que requerem liberdade para vicejar. E ao encarcerar quem somos, submetendo-nos a uma repetição sem fim, dificulta o caminho da arte. Tolhe as ramificações e os desvarios que espreitam a vida.

Para assumir, no entanto, as injunções implacáveis da escrita, aspiro a ser Ícaro, voar para longe, sem retorno. Quando liberta dos ruídos, das intrusões domésticas, das exigências das instituições, das convocações malévolas, do que dificulta a entrega

UMA FURTIVA LÁGRIMA

ao verbo febril, daria batalha aos personagens, às peripécias narrativas, às metáforas que nascem sob o império da sarça ardente. Só assim, ao longo da trajetória da arte, eu sentiria a agonia dos momentos imperfeitos, o prêmio do sopro divino.

A FUGA

A fuga de si mesmo acaso é um ato sensato que propicia a salvação, a busca de um mundo distante da nossa cercania? Ou significa renunciar aos privilégios modestos da vida? Como mordiscar um pedação de pão de véspera, dar um beijo em quem se ama, acariciar o pelo de um cachorro de nome Gravetinho, parte imperativa da ciência do amor? Aqueles prazeres enfim que se valoriza quando já nos faltam.

Ausculto minhas entranhas, que são dignas, e tento interpretar as razões de me evadir às vezes para onde não sei, com a ilusão de ceder ao que o meu espírito de aventura pede. Afinal evasão é fuga ou um mero modo de seguir as pegadas que me levem quem sabe a Shangri-La?

Será o mesmo que escapar de mim mesma, albergar-me em outro ser, deixando o meu para trás?

UMA FURTIVA LÁGRIMA

Mas neste caso quem herdaria meus escombros físicos e anímicos, arregimentados ao longo dos anos, valorizará os meus bens?

Acaso os meus atos capitulam sob a pressão da minha insensatez? Quando reconheço não haver solução para os percursos da sorte, não haver pia batismal onde receber nome, água benta, e salvar-se. Mais valendo saber que os sentimentos, trânsfugas e desatinados, nascem e morrem pagãos. Faltam-lhes padrinhos que nos guiem pelos subterrâneos da desordem.

ALÉM DE MIM

Por levar comigo às vezes a sensação de ser o outro, além de mim, ganhei uma condição dupla. Um outro que eu não identificava, mas uma alteridade que me satisfazia. A oportunidade de examinar a experiência alheia de perto.

Quem não quer ser o outro? Sem perder o melhor de si?

EXPULSO DA TERRA

Expulso da terra natal, e atracando em um porto estrangeiro, este galego não trazia consigo o brasão de nobreza que era, no entanto, automaticamente conferido aos exilados políticos, aos integrantes das lutas armadas, tão logo desembarcam na Europa com aura de heróis.

Ao chegar ao Brasil, sob a égide da pobreza, desfalcado dos signos da identidade, este imigrante não despertava enlevo. Muito pelo contrário, envolvia-o suspeita e desprezo, só se purificando com o nascimento do filho.

Tocou-me ser parte deste contingente de apátridas que enriqueceu sobremaneira o Brasil. Conheci os imigrantes de perto. Na minha casa, no seio da origem. Sei como lamentavam a terra deixada para trás. O distanciamento que implicava sua perdição. Sem que dessem conta de que, a partir do primeiro filho que lhes nascesse no Brasil, nunca mais recuperariam a terra distante. O pranto haveria de ser seu consolo.

Ao falar de Daniel, de Amada, de Lino, menciono todos. Eles foram meus precursores. Ditaram-me os fundamentos para mover-me pelo Brasil como dona, sem medo de errar. Isto porque juraram, em meu nome, que o amor e as afinidades que me uniam ao Brasil esclareciam minha gênese.

Ao chegar ao Brasil com 12 anos, Daniel assegurou-me a herança da majestade da língua portuguesa, com a qual me fiz escritora brasileira. Sou-lhe grata. Tanto que até agora não tive coragem de solicitar a dupla nacionalidade espanhola a que tenho direito. Agradecida, sim, a este povo galego que conquanto alardeasse pertencer ao Brasil, jamais apagava Galícia no coração.

Estes imigrantes faziam parte, como eu, das incongruências humanas. Traziam na alma os dissabores de haverem aparentemente perdido uma pátria, com o ônus de ainda terem que conquistar outra. Um Brasil recalcitrante à vinda de estrangeiros, a que viam como trabalho escravo.

UMA FURTIVA LÁGRIMA

Eles sofriam e nunca choraram à minha frente. Vi como o pai reagia às cartas vindas da aldeia. Ele as cheirava com a esperança de serem portadoras do olor da terra. E não as abria tampouco, guardava-as no bolso por um tempo que ignoro.

Talvez agisse assim como defesa. Tinha feridas no corpo que buscava sanar, controlando as emoções geradas de longe, da sua aldeia chamada Borela. Uma geografia que sonhava um dia ofertar à filha. Estava em seus planos que a menina amasse sua terra com um fervor que o compensasse das perdas que o exílio lhe acarretara.

Já o avô Daniel, ao perder um dedo no ofício inicial de marceneiro, com o qual viria no futuro fazer o seu primeiro frigorífico, recusou que o levassem ao hospital, alegando que a maldita falange já se fora. Sem jamais mencionar ao longo dos anos que operaria um dia o milagre de retornar a Galícia para seu repouso final.

Eram todos discretos e comungavam entre si por meio de distantes símbolos. Um casulo que frequentei, e suspeito nunca haver abandonado. Habito entre suas paredes. Camuflo seus atos heroicos para não enaltecer em demasia a herança que me legaram.

NÉLIDA PIÑON

São tantas as lembranças deles que minha memória obriga-se a narrar suas histórias. Enquanto questiono o sentido da utopia destes imigrantes de que a Europa é devedora. E vejo, como retorno, a desconhecida linha do horizonte onde encontra-se o projeto a que eles deram concretude.

CARLOS V

Somos insanos e atrevidos. Os imperadores excedem, porém, qualquer medida. Carlos V, por exemplo, afirmava que fazia uso do castelhano, aprendido aos 15 anos, quando queria falar com Deus. Sem haver especificado exatamente em que parte do seu Sacro Império ele situava Deus. Se o tinha à beira do trono, ou mantinha-o distante para jamais acatar suas ordens.

Habituado a governar parte do universo, não aceitava repartir o poder. E ainda que se dirigisse a Deus de forma piedosa, o imperador não apreciava intimidade, com exceção a que tinha com Isabel, sua rainha portuguesa, a quem amava. Ela sabia, contudo, estar ele cônscio da precariedade humana, e, talvez, da sua própria. Podia testemunhar que, nas noites em que ocupava o leito conjugal, o marido era

NÉLIDA PIÑON

temente a Deus. No genuflexório, de cabeça inclinada, ali permanecia por longo tempo. Não ouvia o que o marido dizia ou que língua utilizava. Mas, sim, que queria dar provas a Deus, ao menos orando, ser um pecador como os demais. Não fora ungido e nem levava à cabeça a coroa do reino, mas antes a coroa de espinho com a qual o Cristo conhecera lancinantes dores.

Talvez quem me leia agora suspeite que o magnífico imperador do mundo, habituado a subjugar inimigos e vencer resistências, pudesse gritar com Deus para pedir ou comandar o que fosse, sobretudo em sua batalha contra Lutero ou os sarracenos. Deus, porém, não lhe fazia a vontade, tratava-o esquecido de ser Carlos seu aliado. Talvez lhe encaminhasse palavras idênticas destinadas aos inimigos.

Visitei Carlos V em Yuste, que fica em Cáceres, Extremadura, terra, entre tantas delícias, a destacar o presunto do porco com pata negra e que se alimenta de *bellotas*. No mosteiro, onde o imperador recolheu-se após retalhar o império entre o filho e os irmãos, levava vida austera e triste. Desistiu do poder aos 57 anos, com um corpo gasto, atingido por dores provenientes da gota, uma doença comum aos reis. Certo de que chegara o momento de preparar--se para a morte. A decisão provou não ser acertada.

UMA FURTIVA LÁGRIMA

Faltaram aos herdeiros a grandeza, o sentido do império, a capacidade de prever que deviam ir além das regras medievais e instaurar uma nova ordem já em curso. Mas a quem, entre seus sucessores, teria de fato condições de legar seu império? Só Deus teria sido o herdeiro ideal.

Há muito eu planejava a visita. Pretendia sentir o cheiro que Carlos deixara em seus aposentos. Algum sinal que me assegurasse a sua presença. Afinal ele foi para mim um personagem que me habituei a admirar ao longo das leituras e da imaginação.

Carmen Balcells e Merchê Polo, companheiras de vida, ouviram o que eu lhes contava sobre o homem mais poderoso da terra. Habituada Carmen a ler as peripécias engendradas pelos seus autores, talvez julgasse que eu exagerava. Não quis, contudo, acompanhar-me a Yuste. Ficou em Mérida, onde nos hospedávamos. Merchê acompanhava-me. Chegamos de carro e rememorei em detalhes a acidentada viagem de Carlos V a partir da praia de La Salvé, em Laredo, na costa cantábrica, onde desembarcou em 1556, até o monastério. No percurso de 500 quilômetros, que levou meses, ele deteve-se em várias localidades, para repousar e receber homenagens, apesar das dores lancinantes que o atormentaram até o final da vida.

NÉLIDA PIÑON

Enquanto nosso carro subia a encosta, pus-me em seu lugar, imaginando como alguém que vira o mundo como seu, podendo fazer dele o que quisesse, concebia a morte. E como aceitava que Deus o condenasse a tal destino, como um simples mortal. Foi ele, porém, que programara minuciosamente as despedidas do poder. Indicou em que catedral se despojaria do manto púrpura e da coroa. Um deus, ele, que renunciou ao mundo em troca da promessa de seu Deus destiná-lo ao céu.

Enquanto a viagem do imperador foi cheia de percalços, empreendida de 28 de setembro de 1556 até 5 de fevereiro de 1557, a minha, até ele, foi amena. Mulher moderna, nasci sem medo das distâncias. Em catorze horas, de avião, chego à outra metade do mundo. Ele, porém, a cavalo, de liteira, de caleche, era súdito do tempo. Daí seu apego aos relógios que há muito colecionava. Alguns levara para Yuste, instalados em posição estratégica, justo na parede diante da qual se sentava a fim de contemplá-los. Ali passava horas na cadeira de madeira, com a perna esticada sobre um banco, uma postura que o aliviava das dores.

No meio da viagem até Yuste, cioso do seu dever de morrer no monastério que seria desativado, e ainda sob o jugo da postura imperial, Carlos

UMA FURTIVA LÁGRIMA

V ia despedindo-se da paisagem espanhola, das aldeias, das cidades, recebendo as honras que lhe eram devidas. Enquanto nós, mulheres do povo, afundávamo-nos na perplexidade histórica.

A FÁBULA

A fábula é inventar, trazer para fora o que se tem dentro. Um legado que redimensiona o que pensamos. Simboliza o mundo no afã de trazê-lo à tona.

A fábula guarda a memória do mundo. E conquanto julguemos ser ela a representação da nossa existência, só nos narra pela metade. Não reproduz à perfeição quem somos. No *Livro das horas*, transcrevi pedaços meus e dos demais que, em conjunto, formamos um mosaico imperfeito, assimétrico. A fim de sabermos se a memória é o único relato de que dispomos. Empenhei--me contudo em deixar em cada página rastros meus, como quem deixou cair na floresta pedaços de pão que orientem os que me querem ler.

Sou feita de aventuras, de sentimentos, do desas-sombro de haver vivido. O drama, aliás, de cons-

UMA FURTIVA LÁGRIMA

tatar que cada qual é um indivíduo rigorosamente singular em meio à multidão.

Alojo no texto pormenores da minha vida como quem desenterra Troia a fim de saber se existiu de fato a cidade de Príamo. A cidade que desenterrei sou eu mesma.

O MAL DO AMOR

O mal do amor é cobiçar a perfeição. De ambição ilimitada, a tribo humana o idealiza, aspira a supervisionar o código amoroso e dele extrair resultados favoráveis.

É milenar o hábito nocivo de caçar o amor com ímpetos predatórios. De usar artilharia pesada contra quem disputa a mesma carne do seu desejo. Sempre pronto a aviltar quem lhe negue o benefício irrenunciável do seu orgasmo, que é sua coroa de louros.

Ao julgar-se tão potente quanto o império persa, o amor padece da crença de dominar o mundo desde o albor luminoso. Quando, sob a fúria da apostasia dos sentimentos, prega por instantes os ideais medievais e sonha morrer por eles.

Um paroxismo amoroso que, à beira de se esgotar, preenche o vazio que o amor deixa com outro.

UMA FURTIVA LÁGRIMA

Emenda o antigo com um novo amor, no esforço de afugentar a dinâmica da morte. Vale assim sacrificar ilusões e pagar o que seja pelo precioso atrevimento de amar.

O MEU DEUS

O meu deus comporta a existência de outros, mas batalha por ser um só. Dono de uma matriz que ignoro e pleiteia nossa semelhança, este deus se enriquece com a minha fé.

Imagino-o curioso, nada lhe escapando. Assim, diante da turbulenta crença de seus seguidores, que os arrasta a matar em defesa de sua teologia, este deus sorri malicioso. Como confiaria ele nesta perniciosa exaltação, ansiosa por provar que este deus devia existir.

Com que ânimo observou ele o espetáculo humano, a dor da queda, a caída de quem viveu no paraíso às suas custas, pergunto. Logo eu que, longe de ser sublime, apenas ruidosa e esquiva, ouso supor que deus foi purificado pelos meus sonhos. E que, como árbitro, penalizado com nossas falhas e vaida-

UMA FURTIVA LÁGRIMA

de, projeta sobre nós luz e sombra que nos confunde, quando me dou conta de estar em marcha o ritual da condenação pronto a nos enquadrar, a que olhemos além de um horizonte redentor.

A URGÊNCIA DO CAOS

O sonho é um caos. Não entendo sua linguagem que embaralha qualquer exegese. Esforço-me por decifrá-lo, sem resultado. Mal sei do que penso saber. Paciência, meu mister não é interpretar a vida ao pé da letra. Ou descrever uma terra que não é a minha. Pronto, como dizem os portugueses.

Termino constatando que a matéria onírica, ao avanço do ponteiro do minuto, esvanece e termina guardando na memória detalhes perecíveis. Talvez um pedaço de pão sobre a mesa, o vagão de um trem parado em uma estação abandonada, um rosto composto de feições que não identifico.

Sinceramente ignoro onde estive. Errei desde que acordei. Malbaratei valores a partir do momento em que escovei os dentes. E não estranho. E por que haveria de acertar, se no afã de decifrar a realidade,

UMA FURTIVA LÁGRIMA

de ansiar por imergir de novo no sonho, vivemos todos em eterno conflito? A seguir à risca, quase às cegas, uma realidade que me faz sofrer antes de ir para a cama dormir?

Muitos creem que no sonho aloja-se a matéria ditada pelo inconsciente. Não faço ideia. Só eventualmente perturba-me, impede-me o repouso. O que me faz desconfiar que nasce ele dos destroços de uma realidade ingovernável, incapaz de se organizar.

CIÚME

Somos uma rede de instantes e circunstâncias enlaçada em fios invisíveis, cuja função é conectar-nos com a existência. Esta vida, regida entre o caos e o advento da esperança, submete-se à plenitude dos sentimentos asfixiantes.

O ciúme, entre tantos, é um veneno. Ao emergir, assalta-nos, desgoverna-nos sem explicações. De efeito contagiante, reproduz-se no corpo e na alma como uma metástase, e perdura enquanto a paixão despoja-nos das cascas sociais, fazendo-nos crer que nada temos a perder senão o próprio objeto amado.

Para muitos a desenfreada manifestação do ciúme aprimora o amor. Ama-se melhor quando se dá provas típicas de um bandoleiro. E mais será ele apreciado ao aliar violência, sutileza e arrebato, matérias estas contra as quais não há proteção.

UMA FURTIVA LÁGRIMA

Em sua invencível rota de destruição, o ciúme gera atos que se confundem com o inexplicável e ultrapassam o limite contra o qual já não há defesa. Otelo matou sem piedade.

OS CACOS DO CORAÇÃO

Como juntar com os dedos e as fibras do coração esses cacos de vidro que, embora se rejeitem entre si, formam um mosaico de Ravello. Esta obra de arte cuja imperfeição se acentua quando observada de perto, mas que de longe constitui um conjunto inigualável. Aquela superfície cromática a despeito da passagem do tempo, capaz na sua aspereza de revelar a história que o artista quis imprimir ao seu mosaico.

E não é assim com certas verdades supostamente residentes no coração? São amargas, contundentes, mas podem ter a polpa da fruta colorida exposta no mercado da Boqueria, em Barcelona. O que estou a dizer? Por que comparar o que é incomparável? É que a superfície arenosa do mosaico não impediu a construção de uma arte soberba. Assim como as

UMA FURTIVA LÁGRIMA

nossas idiossincrasias não impedem que nos manifestemos de forma a revelar um coração com certa doçura quando proclama que ama.

Acaso a vida tem caráter intransferível? Ou é certo que a seta, quando disparada do recanto escuro e fibroso do coração, termina por ferir o peito onde pretendia se alojar amorosamente? O que mais dizer sem avançar nos preceitos da vida?

VILA ISABEL

Nasci em Vila Isabel. Por muito tempo o bairro foi meu feudo espiritual. Mesmo após mudarmos para Copacabana, íamos à casa dos avós a cada semana visitar as raízes familiares.

A cultura popular do bairro favoreceu-me. Estimulou-me a cruzar as ruas para saber o que havia do outro lado. Pois o mundo existia e deixava pegadas para eu descobrir seus festejos e seus horrores.

A vida da mãe me emocionava. Como quando eu soube que ela, Carmen, muito jovem, temerosa de perder a filha que se recusava a comer e vomitava com frequência, levou-me ao açougue da rua Pereira Nunes para me pesar na balança da carne. Movida pela superstição, mas sobretudo pela fé, de que assim agindo livraria a filha bebê da operação prescrita pelo médico, e a aprontaria para a vida ao ganhar peso.

UMA FURTIVA LÁGRIMA

A sucessão dos fatos, fundamentados nas experiências familiares e do bairro, conduziu-me à Rádio Nacional, na praça Mauá. A tomar o elevador e sentar-me no auditório do programa do César de Alencar, onde atraía-me o quadro "Romário, o Homem Dicionário", protagonizado por ele próprio. A deslumbrar-me com o programa *Trem da Alegria*, com o Trio de Ouro, cada artista mais delgado que o outro, com cadeira cativa no teatro Carlos Gomes, sob o patrocínio da sapataria Cedofeita. E antes de instalarmo-nos no auditório, sempre lotado, havia que vencer o turbilhão de ambulantes, vendedores, brasileiros em trânsito, concentrados na praça Tiradentes, cujo feitiço fascinava-nos a todos.

Em trajes modestos, aqueles brasileiros, nas imediações onde o pecado sobressaía, buscavam a felicidade, queriam rir e chorar como eu ainda não aprendera. Indiferentes às suas escassas moedas, não pareciam temer que desenlace a vida lhes reservava. Como eu, todos em perfeita harmonia de gosto, detínhamo-nos diante dos tabuleiros regidos por baianas a venderem, à guisa de cachorro-quente, sanduíches de linguiça frita, enfeitados com farta mistura de cebola, tomate, pimentão verde, e ainda pimenta bem ardida para quem quisesse.

Aprendizado assim apurou minha sensibilidade. Ajudou-me a seguir com interesse o movimento dos moradores da rua Dona Mariana, em Botafogo, onde residíamos. Precoce nas leituras, eu dominava extensa lista de brasileiros notáveis, alguns nossos vizinhos. Aguçava a curiosidade vendo passar as irmãs Batista, populares cantoras, cuja casa praticamente colava a de Alceu Amoroso Lima, o intelectual cujo pseudônimo era Tristão de Athayde, e que me motivava ficar na porta da nossa vila aos domingos, quando ele, com o missal na mão, rumava para a Igreja Santo Inácio, para a missa das dez da manhã.

Acompanhei atenta o filho do cantor Francisco Alves, sempre protegido pela mãe, temerosa de o filho ser vítima de uma sociedade preconceituosa que designava então de bastardo quem nascesse fora dos vínculos matrimoniais. Um jovem cujo belo rosto reproduzia as feições de um pai que, segundo se dizia, jamais o reconheceu. Uma prática adotada por homens destituídos de senso moral.

E outros delírios mais vivi até deixar Botafogo para morarmos no Leblon. Sempre em obediência às instruções da vida que me impulsionava a tocar os seus limites.

SANTA FÉ

A Europa, sob que ângulo se apresente, é tão diversa do Brasil que me pergunto às vezes por que me entrego com tal fervor a esta civilização, se talvez me falte estofo para entendê-la profundamente.

Acaso não deveria eu viver mais consonante com o que podemos ser nós, brasileiros? Ou quem sabe, por seguir as instruções emanadas da ficção, que é uma construção ardilosa, capaz de se ajustar a Homero e a Cervantes — não faz diferença transferir pedaços de um continente para o outro, e suprir, com tal recurso, o que esteja em falta a qualquer um deles.

Hoje, no terraço luminoso que faz parte do jardim, da horta, do pomar da casa de Carmen e Lluís em Santa Fé, pus-me, como de hábito, diante dos

bustos de Adriano e Trajano, os imperadores espanhóis. Bem assentada, vejo a horda dos visigodos,
suevos, celtas, romanos, desfilar no limite do horizonte, estas legiões famintas que alimentam minha
imaginação.

Estas manhãs na Catalunha, em que aspirava o
pólen das flores plantadas nos vasos à minha vista, e
que nunca me asfixiaram, quando lembradas na casa
do Rio, trazem-me Carmen e Lluís ressuscitados,
eternos como as efígies dos imperadores romanos
do jardim. Muito mais amados que eles.

A CRENÇA HUMANA

Deus me seguiu desde o berço. Uma tradição familiar mediante a qual eu acreditava ser Deus parte da minha genealogia. Acomodei-me a esta herança e alimentei-me de seu pão tido como sagrado. Senti que Deus não era um fardo, mas me aprimorava. À mulher e à escritora.

O conceito de Deus sempre provocou alvoroço na imaginação humana. Fez crer ao homem que a perfeição divina, podendo ser uma máquina irretocável, é uma elaboração humana. Encarna as profecias que cumpriam os chamados padres do deserto mediante um ritual amoroso.

Confrontada desde a infância com a efígie de Deus, sinto-me às vezes à margem da realidade cotidiana. Incapaz de conjugar a perfeição de Deus com os avassaladores limites da humanidade. Como pensar que o humano engendrou Deus e ainda assim imergiu na sangrenta crueldade?

Afinal que chances temos nós, estrangeiros e aflitos na terra, de alcançar um dia o rouco vagido da felicidade que deveria estar associada a Deus? E como podemos, habitantes da pátria da alma, mergulhar as mãos febris no regaço de Deus! E desfrutar de um sentimento de que o corpo já não prescinde ao senti-lo uma única vez. Aquela melancolia que me levou a invejar Teresa de Jesus, a senhora de Ávila, que optou por levitar para melhor compreender as agruras da sua época.

Diante, pois, da verdade de Deus, que raramente me dói, acomodo-me na casa vizinha e meço as dimensões do espaço e do tempo que me cabe viver. É pouco, ou muito, considerando a ambição de esgotar o discurso que me defina diante deste Deus de quem ora falo.

Cogito, então, que as árvores, os riachos, os casebres, os bichos, os peregrinos, as crianças, os anciãos, os aventureiros, resumem a história de um milênio. Assim, sou o milênio da história. Sou a história inteira que não pode ser contada sem o meu socorro. Cada qual é o enredo imprescindível da humanidade. A fim de que a história de Deus só possa ser narrada com nosso devotado testemunho.

UMA FURTIVA LÁGRIMA

A aparência estoica, narrativa, de cada qual indica que convém nos preparar para o juízo final. Quando de verdade vivemos ante um tribunal que nos julga independente de acatarmos suas adversas penas.

Após o crepúsculo, se sucede o amanhecer que traduz o soberbo átimo de um instinto perfeito que contrasta com o absurdo desperdício das nossas esperanças.

FEITOS DE BARRO

Sei que não somos feitos apenas de barro e suor. Certamente não terminaremos em um sopro tênue.

Cruéis que somos, merecemos o fracasso. Nossos vis interesses sobrepujam aquilo de que a humanidade carece para sobreviver.

Acaso os passos que damos em direção ao progresso afirmam que nos dirigimos ao paraíso? E que a alma diz que acertamos?

Terá havido momentos na história em que se produziu uma réstia de luz e a perfeição se realizou?

Essa é a razão da minha nostalgia.

LABIRINTO

O labirinto que tenho à frente me perturba. Os corredores se estreitam e a luz escasseia. Nenhuma vivente surge para salvar esta dama de amplos dotes educacionais. Talvez meu clamor seja virulento para os demais, quando me queriam deixar à deriva.

Em alguns minutos, porém, como por milagre, livro-me desta fantasia. Afinal este labirinto nada mais é que um pedido de socorro. Não hesitei, chamei Ariadne, que me lançou o fio salvador. Emprestou-me sua energia com a qual progredir na escrita após aquela experiência. Assim, livre da condenação feroz, voltei aos outros perigos do cotidiano.

Espero de Ariadne este gesto fraterno que se irradia pelo meu ser a ponto de esclarecer a natureza dos sentimentos, de reduzir questões civilizatórias à minha modéstia. Eu a ouvirei com a sensação de que seu fio me livre do degredo mortal. Tenho todo o tempo do mundo para vencer o labirinto em sua companhia.

PÃO DORMIDO

As histórias são como pão dormido. Quanto mais tempo permanecem na despensa, ou na memória, melhor se prestam para a rabanada natalina. Só que a memória é ardilosa. Conserva-se no álcool, mas evapora-se com os anos. É uma aragem fugaz que não permanece. É natural, pois, que as frases ditadas pela memória sejam imperfeitas, mesmo que a limemos a cada manhã.

Não vale, portanto, ansiar pela memória à beira da perfeição, que insiste em dar prova de que nada esquece. E que de tanto exibir-se garbosa termina inventando a fim de competir com a vida que não viveu. Inquieta por não nos levar automaticamente ao descrédito de ser tida como uma sábia que soa falsa.

Quantos anos mais me restam, pergunto de repente à memória, que tudo finge saber.

IRRADIAÇÕES

P adeci a invasão do Iraque como se a pátria do
meu espírito tivesse padecido de um dano ir-
reparável. Sofri as violências e a fome destes anos
como se em casa me faltassem pão e solidariedade,
sobretudo a caridade paulina que havendo atravessado a Ásia Menor tomou o rumo das Américas,
onde habito.

NO VERÃO

No verão, ao lado do pai, no Parque das Águas, em São Lourenço, contornávamos o lago cercado de bambuzal. Ele me falava do continente do outro lado do mar, fazendo-me crer que em breve me levaria a conhecer Borela, a aldeia descrita de modo apaixonado, enquanto eu questionava a razão de haver sido expulso de suas fronteiras. Dava-lhe atenção, mas pensava, por que deveria eu ser acometida pelo germe do sobressalto só porque o pai abandonara a segurança da pátria?

Na temporada no sul de Minas, apurava o paladar e as sensações com as compotas, os doces vindos em caixetas, os queijos, a manteiga Miramar, a canja de galinha, as águas minerais da fonte Vichy, os novos amigos, os livros que o pai me emprestava.

Ao visitar o Pavilhão, no centro do parque, recordei hoje, anos depois, outro igual de caça, em Mayerling, que visitei, onde o arquiduque Rodolfo, filho de Sissi e do imperador Francisco José, e a baronesa Maria Vetsera, na longínqua Viena, suicidaram-se ou foram assassinados. Só que em vez de deparar-me, em São Lourenço, com os corpos dos amantes estendidos sobre o tapete, percorria as pequenas lojas que vendiam lembranças, caramelos, canudos de doce de leite, filmes com os quais fixar instantes de felicidade.

À hora do almoço ia ao encontro da família sentada no banco, ao abrigo do caramanchão, situado na aleia mais transitada do parque. Sob o beneplácito dos pais e dos avós, à minha espera, eu filtrava as emoções, beijava-os, sem esmiuçar meus próprios sentimentos. Algo me dizia que não tinha por que me envergonhar das matrizes com que a família e a vida me estavam forjando. Aprendia a ser parte de uma grei que, ao abandonar suas aldeias, correra o risco de vestir-se de luto, de perder pedaços da alma. Havia, porém, que aceitar comovida a minha gênese.

A CIDADE

Desde menina associei-me ao arcaico, ao mistério incrustado nos labirintos das ruas do Rio de Janeiro, com entradas e saídas sem indicações nítidas. Uma pólis que a despeito do sol e das praias nem sempre me orienta, diz onde estou. Umas ruelas nas quais me movo com a euforia advinda do prazer do corpo, do carnaval, do cancioneiro popular. E ainda das cocadas e empadas vendidas nos tabuleiros das baianas antigas.

O casco urbano do Rio de Janeiro não acata exegeses e burla ironicamente as teorias. Seus atalhos, tanto no centro, na rua do Ouvidor, no fascinante subúrbio de Madureira, quanto na favela da Maré, facilitam que os habitantes, por exemplo, aglomerados, ergam o copo de cerveja gelada à guisa de brinde.

A paisagem, contudo, abstrai a todos. Não estimula que pedantes especialistas propaguem suas teorias perniciosas como versão única do território do Rio de Janeiro. Ou que imponham ao povo o que é a realidade. E assim agindo estes próceres, como feitores da terra, desde a fundação da mítica pólis.

A cidade me questiona com frequência, a despeito de sua acelerada modernidade. Suscita-me a indagar se ainda subsiste no velho centro do Rio a arte da decifração, como quando no passado, acompanhada de amigos, consultei cartomantes? Recorre-se ao oráculo de Delfos? Em algum subúrbio, dona Nadir, que decifrava Clarice, recebe os consulentes como se fora Calcas, Cassandra, Tirésias moderna? Segue sendo ela réplica dos adivinhos que vaticinaram para reis e heróis os ponteiros do futuro, e ninguém lhes prescindia?

As previsões, no Rio de Janeiro, se fazem na praia e nos bares. Cada qual, com ar embusteiro, opina sobre o futuro, confiante de ser parte dos vaticínios da boa fortuna.

Pessoalmente não tenho a quem recorrer. Exceto à pombinha do Espírito Santo que ganhei e me protege. Não a sobrecarrego de pedidos, não lhe solicito favores vãos. A pombinha se antecipa, intui o que preciso para prolongar meus dias. Mas confesso que aprecio viver sem ataduras míticas.

GRADUAÇÃO

Minha evolução literária foi fecunda e perturbadora. Ao começar a criar, sob o impulso da imaginação, bati em todas as portas, visitei todos os corações. Ora levada pelo espanto e a emoção, ora pelo desejo de descobrir as artimanhas de um ofício cravejado de ilusões.

Fui sempre uma escritora esforçada em desvendar o intrigante enigma humano. Havia que arrecadar as camadas da existência pela via da arte e contar com que cada livro fosse didático, me educasse para a criação seguinte.

O submundo da palavra, com seu corolário ofuscante, ajudou-me a sacralizar e a dessacralizar a literatura. Guiou-me vida afora, fazendo-me crescer, suspirar, chorar, rir, sem margem de arrependimento.

NÉLIDA PIÑON

Através da leitura, eu avançava pelas frestas profundas do indizível. Por trilhas secretas que ensinavam a distinguir a jovialidade esplêndida e a velhice acabrunhada. O coração ia se alvoroçando diante do personagem que sangrava à minha frente sem meu socorro. E tudo graças à leitura que me cercava de frutos, deixando que eu fruísse a emoção e o tédio, motores da história que lia. Como se ganhasse provisória imortalidade.

MEU SER

Tudo que faço leva o gosto do meu ser. Isto é, as marcas que me constrangem e outras que me salvam e permitem que eu me refugie nas minhas crenças humanísticas. E ainda na fé religiosa reforçada no seio da família, no colégio, nos livros, no pensamento de Paulo, no Sermão da Montanha, nos Padres do Deserto, nos meus erros, nos meus pecados, nos olhos que se dilatam diante da constatação de ser nossa carne, a despeito da luxúria, uma sagração da primavera, uma fonte de mistério.

Penso e prolongo as minhas suspeitas. Sei ainda que me protejo na matéria que emana da arte, do seu poderoso e iníquo apogeu, cujo fio inicial, talvez simples sopro, logo sendo embrião do sonho, levou-nos a galgar alturas antes reservadas aos seres alados.

Reconheço também, e me apraz, que, como membro da tribo, pago à moral vigente os custos exigidos do humanismo sem o qual a barbárie prospera. E o que mais dizer quando não sei o que acrescentar?

A TRAVESSIA

Morre alguém da minha casa. Um defunto que nada significa para os demais. O mundo não é solidário com a minha perda. Não reage enquanto derramo lágrimas. Por segundos os visitantes lamentam a minha dor, mas logo passam-me o lenço de cambraia com que secar o pranto, e deixam claro que o fardo é meu.

E insinuam ainda que se o morto é parte dos meus haveres, que vele pelos meus despojos. E de nada adianta descabelar-me, rasgar as vestes, para provar aos presentes a legitimidade do meu padecimento. Sempre podem pensar que não passo de uma carpideira, provida de todas as tradições arcaicas, a que lhe toca desempenhar um papel que não deve faltar em um enterro daquela categoria. Há que prantear, derramar lágrimas que justifiquem a vida de quem partiu para sempre.

Não vale que eu lhes diga ser o último membro de uma família que se despediu por completo em escassos anos, para que se apiedem. Sou quem será imolada na mesa da cozinha da casa, com o cutelo com que destrincho um frango após assá-lo. Sei que o luto será imperativo, há que afugentar provisoriamente a vida social, pôr-me de negro, uma cor que por sinal fica-me bem.

Eu, porém, contrária aos santos que se beneficiam com o martírio, não nasci para o sofrimento, mesmo sob a promessa do reino do céu. Por mais leves que sejam as penas, não as quero. Nada empana o brilho natural da vida.

Afinal a visão cósmica que provém do defunto de quem ora me despeço é uma dor real, mas não excede minha ânsia de sobreviver.

DETERMINISMO

Há muito estou entregue à tarefa de contrariar o determinismo do meu tempo e o meu próprio verbo. Tenho consciência da fragilidade do meu futuro e teço obedecendo às irregularidades humanas, a um sistema de linguagem que se deixa afetar e fragmentar pelas realidades que buscou acudir.

AS PRATELEIRAS DA CASA

As prateleiras da casa da vizinha de Botafogo, lembro-me bem, estavam apinhadas de objetos. Levaria tempo para observar cada peça e saber se eram simplesmente decorativas ou se tinham uso prático. Eu não ousava indagar. Temia ferir os sentimentos da senhora que devia padecer da nostalgia de viver longe da sua terra.

Soube que era nordestina, e a família, despojada do sertão, vítima da seca, viera para o Rio. Uma mulher prendada que fazia doces saborosos. Parecia apreciar que nesta visita eu demonstrasse tanto interesse pelo que ela expunha na prateleira. Detectou que eu era uma adolescente sensível, pronta para amar o mundo. Prometeu-me um dia contar detalhes da sua história e dos objetos, lembranças de épocas perdidas. Mas nunca houve

UMA FURTIVA LÁGRIMA

tempo. Logo mudamo-nos para o Leblon, antes dos meus 15 anos.

Em torno da casa, na rua Dona Mariana, em Botafogo, havia árvores em cuja sombra eu me eternizava, tornava-me heroica. Como tal, instalava-me em algum galho robusto e ali ficava horas lendo. Revezava o galho com a tenda feita de lençóis, que eu armava no quintal, sob os auspícios da mãe. Dona do mundo, eu era alternadamente Tarzan e Nyoka. Ele, afásico, com a inglesa Jane, que lhe cedia vocábulos, e Nyoka, de uma série, a libertária, de uma audácia que jamais vira antes em uma mulher.

Atraíam-me, em geral, as criaturas singulares que, indiferentes aos limites, ultrapassavam as fronteiras do imaginário. Eu as tinha como parâmetro, fingia ser uma delas. Deste modo cruzava o quintal montada no cabo de vassoura, à guisa de um ginete alado, que me levava para as Montanhas Rochosas. O animal, a relinchar, sabia-me entusiasta dos perigos, das peripécias, do que se transformava em benesses.

Eu enfrentava feliz os obstáculos inerentes à condição dos aventureiros. Sempre sob a vigília da mãe que, não me querendo entregue à própria sorte, não me perdia de vista. Era um escudo que cobrava da filha uma educação esmerada, acima da média. Ignoro, porém, que classe de juras assumiu para me beneficiar, quando me levou à igreja de Santo Afonso e cedeu-me à Nossa Senhora do Perpétuo Socorro como afilhada. Nem adulta lhe indaguei o que pedira à santa, dando-lhe em troca pedaços do seu ser. Mas recorria à Nossa Senhora em momentos difíceis. Lembro-me vagamente de quando saltou do trem em São Lourenço, onde a família já estava há dias, e fôramos buscá-la na estação, abraçou-me emocionada, insinuando que Nossa Senhora a salvara da ameaça de um tumor maligno. Pois, escondida do meu pai, acompanhada de uma irmã, submetera--se a uma cirurgia que provou não ser detentora de um câncer. E atribuía o fato à intervenção da sua protetora, a quem pedira que a salvasse para poder cuidar da filha ainda menina.

Atenta à minha formação, levava-me às exposições, ao teatro, fazia-me ver o valor da oratória, então destacada no Brasil. Impressionava-a quem falasse com correção, conjugasse palavra e pensamento. Conquanto não fosse uma intelectual, seus interesses encaminhavam-se para a inteligência. Uma vez me perguntou se teria preferido ser filha de Cecília Meireles, e notei seu alívio ao lhe afirmar que não a trocaria pelos sábios de Sião.

Era diligente. Fazia milagres com a economia da casa. Cuidava da mesa com esmero. Apurei o paladar

UMA FURTIVA LÁGRIMA

cotidiano com seus pratos. Uma comida simples, mas feita para eu não esquecer e saber o que provém da tradição familiar de todos os tempos. Ao feijão preto sucediam-se outras iguarias, banhadas no azeite de oliva. Guiada pelo amor à família, com seu bastão de fada, trazia-nos também a cultura espanhola para dentro da casa. As travessas vinham fumegantes à mesa. Faziam parte do seu orgulho, da sua elegância.

Não havia luxo no lar. A vida parecia-me ordenada, refletindo a índole de uma mulher obstinada e fina, de gestos discretos, de inteligência aguda.

E assim foi a mãe até os 85 anos, quando nos despedimos.

HELOÍSA

Heloísa aprendeu a viver sem Abelardo, embora se vissem diariamente. Não se tocavam, não trocavam palavras, mas apaixonadas cartas. Eram vizinhos, ela encerrada nas dependências da Abadia do Paracleto, onde afinal se tornou abadessa até morrer, poucos anos depois de Abelardo. E ele na escola onde fora viver para estar ao lado dela.

A palavra escrita, contudo, que ela depositava diariamente nas cartas trocadas com Abelardo, a consolava. E então designada priora, sua voz tornou-se audível para a comunidade religiosa. A serviço de Deus, confiava na eternidade que Abelardo encarnava e afirmara existir.

No convento, talvez ela recordasse a vida em Paris, na casa do tio, de quando sucumbira aos encantos de Abelardo, que antes, da tribuna ou nas ruas, sedu-

UMA FURTIVA LÁGRIMA

zia seus alunos da Sorbonne, dando provas públicas do valor da carne e do espírito. E ao entregar-se às escondidas ao sacerdote, sob os efeitos do amor avassalador, o sedutor amante de pele translúcida e incandescente descia exultante a ladeira de Sainte--Geneviève. Abelardo vencia no amor e na oratória, seguido sempre por um cortejo de estudantes, entre os quais repartia seu verbo, ansioso, porém, de ir ao encontro de Heloísa.

O brilho de Abelardo perturbou a igreja francesa. Sua arrogância, que o tornou insensato. A poderosa eloquência, alimentada pela presunção de ser imbatível no debate teológico, despertou iras, invejas entre os membros do clero, e exaltação incondicional entre os jovens. E, em compensação, despertou o amor de Heloísa.

Homem do século XII, ele fazia crer aos demais que Deus, diante de seus saberes, não era um mistério, sequer um enigma teológico. Da tribuna, com a multidão ouvindo-o, derrubava argumentos que se antepunham a ele com o machado das palavras malditas.

A vida, até então, era-lhe generosa. Compensava-o com as delícias carnais, tinha a alma prisioneira dos furores alojados na cama. Para Abelardo o prazer era quase dionisíaco, se fosse citar os gregos. Heloísa lhe

285

concedia o gozo e a sua também fulgurante inteligência, e ainda por cima dispensava-o de avaliar o grau de seu saber, para não lhe despertar a possível ira.

Foi quando o tio, que lhe invejava a oratória, o sexo abusivo, selou o destino do monge com uma mutilação que não matou Abelardo por fora, mas o aniquilou por dentro. O ato macabro revertendo a sorte dos amantes. De Heloísa, servidora do tio, e de Abelardo, que aceitava egoisticamente a submissão intelectual da amante, que, no entanto, não cessava de enaltecer sua genialidade.

Castigados pelo tio, ganharam em troca a consideração da Igreja, que, ao lhes reconhecer na escritura de ambos as maravilhas do espírito humano, designou-os beatos, guardiões da religião. E foram tidos, à época, como uma espécie de roqueiros do medievo.

VIAJANTE A ESMO

Como viajante, adoto às vezes ar circunspeto. Forço que me levem a sério, pensem que sou uma mulher respeitosa, aberta à cultura. Não me julguem capaz de acusá-los de repente de haverem sido bárbaros no passado, e apenas recentemente se converteram em guardiões da civilização e do padrão monetário ditado por Bretton Woods.

Não sou uma intrusa, indiferente às delícias da predominante comida francesa, incapaz de conjeturar em que panela de barro ou de ferro, em que tipo de fogão, elétrico ou de lenha, pode determinado prato atingir o ponto perfeito de cocção.

Nem sempre sou bem-sucedida. Nestes intentos, arregimento forças, suporto provações, mas não desisto. Caso me ponham à prova, como minha mãe o fazia com gosto e orgulho, perco. Sobretudo não aceito que me reprovem por ser oriunda do Brasil, um país que não consideram padrão ideal. Mas o que sabem eles de nós? Acaso têm presente que a nossa mestiçagem inaugurou uma maneira nova de enxergar a carne pigmentada do humano em todo o seu esplendor?

Mas o que fazer? Por onde siga, sou estrangeira. Deito as raízes dos meus hábitos na solidão do quarto do hotel. E quando contrario regras cosmopolitas, em desacordo com seus estatutos, estribada na história que em geral sei mais que eles, leitora que fui dos gregos e de todos os sucessores, transmito-lhes conceitos nossos a meu ver inaugurais, de que eles carecem para melhor desfrutar das suas franquias culturais cristalizadas ao longo dos séculos.

E, por favor, não se esqueçam de que esta brasileira, que sou, devolve-lhes, ampliadas, as vozes pedagógicas das Américas.

TUDO QUE SEI

Tudo que penso saber repercute no meu corpo. O corpo é a antena da raça. As sobras e o essencial atravessam meu físico como uma seta, vence meus poros. Sua fundamentalidade é inquestionável, contudo suponho existir quem afirme em tom de galhofa ser o corpo um gráfico, um parágrafo, um ponto e vírgula. Uma versão diagramada do que é carne e osso.

Esta nossa carne, que é a própria vida, tem o dom de morrer, de matar, de sofrer, de amar, de reproduzir, de gargalhar, e ainda de se ajustar às guerras, às doenças, ao que, de tão inédito, jamais se previu, e ainda nos concede a chave da sobrevivência.

Amar o corpo não é mera contingência. É o dever de se enternecer com o infante pousado no berço na expectativa do leite materno. É reconhecer que o corpo amado no leito, pronto a retribuir as delícias amorosas, é fonte de atração.

Por onde andemos, segue-nos um cortejo de corpos. Algum será heroico, ao menos terá sonhado com Hércules e as doze façanhas. Outros vi na manjedoura, no púlpito, na cadeira do barbeiro, na cova, envolto com a mortalha. Todos, porém, encarregados de responder pelo transcurso civilizatório.

E não será o corpo o milagre que dá guarida à alma, para quem admite tê-la? Não propicia ele a alteridade dos sentimentos com o propósito de lhe oferecer acolhida? Tanto que, para merecer esta mesma alma que vem de visita, a carne filtra as impurezas? Torna-se um santuário que se desfaz do que não presta? Sabe, portanto, que adoece quando a alma padece.

RAZÃO DE VIVER

Crio com a esperança de que a narrativa jamais me deixe, esteja em todas as partes. Como companheira de jornada, irradie os caprichos humanos, os interstícios do mistério, frequente os pontos cardiais da minha existência.

Escrevo porque o verbo provoca-me desassossego, afia os mil instrumentos da vida. E porque, para narrar, dependo da minha crença na mortalidade. Na fé de que um enredo provoca pranto. Sobretudo quando, em meio à exaltação narrativa, menciona amores contrariados, despedidas pungentes, sentimentos ambíguos, destituídos de lógica.

Escrevo, então, para ganhar um salvo-conduto com que circular pelo labirinto humano.

O SOL DO MEIO-DIA

A quem me dirija cumprimento, digo bom dia. O sol brilha ao meio-dia e me ofusca. Faz--me pensar que certo mito obstina-se em morar na minha casa. Não me deu o nome, mas assegurou ser de procedência grega. Como se me consolasse a sua insolência.

À noite, como um fantasma, ronda os recantos da casa, mas respeita o meu quarto, que tranco por via das dúvidas.

Pergunto se saberá mais da vida do que eu, que o inventei. Ou circula entre os da casa como um desafeto que se opõe ao cotidiano enfadonho de todos nós?

Mandei-o embora. Dissolvi a fantasia.

POLÍTICA

Cada país é o mundo, tem uma psique universal. Contudo é regido nos tempos atuais por políticos provincianos, destituídos de grandeza. E cuja prática origina-se de uma ágora promíscua que tem em mira desgovernar o país em nome de seus interesses. Em nossos dias escasseiam estadistas capazes de interpretar a ânsia popular e de se antecipar aos sonhos coletivos ainda em formação. São uns pobres-diabos revestidos de falsa magia.

O SENADOR

Ao ler os jornais após regressar da escola, eu tinha o planeta ao meu alcance. Inquietava-me observar como as notícias variavam de interpretações segundo o jornal que lesse. Aprendi o quanto era auspicioso rebelar-me contra o que me impingiam com insistência. Era emocionante constatar como os fatos retratavam o desvario humano. A vida urbana e rural. As criaturas sucumbindo à desmedida, à *hybris* grega.

Antes mesmo do pai assegurar à filha à hora do almoço que o mundo sobrevivera a mais um dia, eu me antecipava a ele. Narrava-lhe o que fosse do seu interesse. Desafiava-o a cada dia e ganhava.

Ele reclamava à esposa, mas com o rosto alegre. Ambos se orgulhavam da filha que saltava da cama com a sensação de já haver perdido metade do que

UMA FURTIVA LÁGRIMA

a humanidade produzira. Graças ao jornalismo, porém, eu reconhecia na rua as figuras públicas. Renovava o amor pelo Brasil sempre que identificava os ilustres brasileiros.

Certa feita, estando o pai na longa fila do cinema Rian, em Copacabana, para assistirmos a um filme americano, vi na outra extremidade o senador Alencastro Guimarães, belo homem que eu conhecia das folhas. Insuflada pelo entusiasmo, nos meus 14 anos, não hesitei. Pedi ao pai que comprasse três bilhetes, além dos nossos, destinados ao senador e a sua família. Nem cogitei dos gastos que a aquisição implicava, mas julguei, dadas as circunstâncias, não haver outra coisa que fazer. Hoje me dou conta do valorado pai que tive. De rara elegância, ele adquiriu os bilhetes sem mencionar as despesas. Com eles dirigi-me ao senador, que mal pôde crer no gesto da menina à sua frente, e agradeceu ao pai visivelmente comovido.

No período do vestibular, escolhi o curso de jornalismo levada pelo desejo de participar ativamente do cotidiano do qual certa sofisticação intelectual me afastava. Sustentada por uma formação humanística, já sólida para a minha idade, julguei que me faria bem banalizar meus conhecimentos por meio da crueza que o jornalismo me aportaria. Havia que me

295

NÉLIDA PIÑON

lançar à fogueira humana, sabendo de antemão que incorporar esta vivência à literatura era meu destino.

Até hoje agradeço esta opção, que, ao me ajudar a entender melhor o Brasil e o mundo, reforçou os alicerces da minha criação.

DEUS

O mundo do teatro, que frequentei assiduamente, foi para mim o cenário de uma iniciação que desabrochou emoções e o espírito da fé. Uma casa onde, em meio a intensas descobertas, sonhei ocasionalmente com Deus. Um Deus que em silêncio, enquanto eu lhe falava, agia como se eu fosse Sara, esposa de Abraão.

Seu mutismo, contudo, foi benéfico. Expressou confiança nos efeitos da minha consciência e terá reconhecido que nossas humanidades eram distintas. De modo que a carta de alforria que me concedi fortaleceu a minha fé.

Deus, aliás, seguiu-me desde os primeiros vagidos. Fez parte da genealogia familiar. Uma herança que nunca foi um fardo. Ao contrário, sem exaurir meu ímpeto vital, ampliou o horizonte, projetou luz sobre as vagas impositivas do cotidiano. Sem cancelar as excelências da minha vida privada, da audácia estética aplicada às primeiras tentativas literárias, dos enigmas da criação, da coragem narrativa de esmiuçar o roteiro alheio, de entender a colisão havida entre todos, e de dar início muito cedo a minha jornada amorosa. Ofertou-me ainda a certeza de ser eu um modelo imperfeito. A réplica de um protótipo propício a errar, que batalhava por recuperar as partes que me faltavam.

Acolher Deus numa época de tanta turbulência beneficiou a jovem e a escritora. Permitiu estabelecer com Ele uma cumplicidade mediante a qual confiei nas ações humanas. E isto porque contei, desde a infância, com uma imaginação panteísta, povoada de deuses, de homens que, por viverem nos séculos III e IV, período que ensejou a liberdade de se ser pagão e cristão ao mesmo tempo, puderam instaurar emblemas e noções inovadoras.

Uma aventura, contudo, que não me privou de seguir as pegadas monoteístas, de admirar exaltados profetas e santos, de relegar os rituais que se opunham ao fulgor da carne, da luminosa luxúria, que repudiavam a condição humana. E que ao abominarem o nosso ser contestavam a perfeição do portentoso aparato de Deus.

UMA FURTIVA LÁGRIMA

Deste percurso intelectual adveio o sentimento andarilho a clamar pelo direito de armar tendas no deserto de Saara, ou na sala da casa. Enquanto insurgia-me contra um Deus disposto a cancelar meus sonhos. O que não me impediu de aceitar que os demais proclamassem de que tecido se fazia uma filha de Deus incendiária e antidogmática como eu. Condescendente, eu seguia pensando como Deus, havendo sido desenhado pela carência humana, aceitara associar sua efígie à nossa imperfeição. Acaso fora o modo que Ele encontrou de continuar sendo o Deus dos homens?

Ouvia, atenta, a avó Amada dizer que era possível o humano conjugar a perfeição, atribuída a Deus, com os avassaladores limites da nossa humanidade. E isto porque, se o homem engendrara o esboço de Deus, naturalmente o fizera a partir do seu modelo.

Nunca me doeu pensar em Deus. Ao contrário, compungida com sua solidão cósmica, deixei meus pertences à sua sombra e aprendi a aceitar os vizinhos, a medir as dimensões do tempo e do espaço em que me coubera viver. A provar do sal das lágrimas que exaurem a exegese humana. A compreender que Deus, ao decretar o fracasso da sintaxe das criaturas, já não fazia parte do meu discurso.

A vida, porém, me regalou dons valiosos. Dissolveu os nós da iconoclastia que se avizinhava às vezes do meu espírito. Ensinou-me a fazer uso do livre-arbítrio, do exercício da consciência, das ilusões do mundo. Do prazer que, ao exorbitar, não abandona os códigos ditados pelo meu humanismo. Não permitiu ser julgada uma ovelha tresmalhada. Enalteci sempre a liberdade que exigiu o melhor de mim, e que terei extraído do leite materno. Um alimento cujo alto teor amoroso e pedagógico introduziu-me à vida e aos princípios familiares provindos das aldeias galegas.

Valores que, uma vez inculcados, deram-me escassa margem para contestar ou retificar. E que conquanto trouxessem a marca da permanência, induziram-me a modernizá-los, a dar aos seus postulados nova interpretação. Sem para tanto revogar a visão redentora do Cristo na cruz, apologia essencial do meu cristianismo.

Cedo dispensei filósofos e teólogos, embora os lesse com concentrado rigor, para acreditar que a arte e a criação são a soma dos acertos e desacordos da utopia humana. E que o erro é o indutor de eventuais correções. E que conquanto fôssemos todos nós sujeitos ao ardil dos dias e da memória esgarçada, nascemos para sonhar o impossível. Assim, nenhum

UMA FURTIVA LÁGRIMA

sábio precisou reforçar minha crença na humanidade. Sou devedora, sim, dos humildes, dos peregrinos, dos anacoretas do deserto, do século IV. Dos gestos e das palavras originários do apostolado de Deus, e que são indicadores da frequência civilizatória do meu coração. Dos seres que reverberam ao meu lado e representam a história da humanidade. E que, em seu esplendor, resumem o enredo do milênio. Nestas horas questiono o projeto de Deus que empalidece as quimeras humanas. E me acautelo de nossos devaneios metafísicos. Indago que chances temos nós, estrangeiros e aflitos, de mergulharmos no regaço de Deus em nome da esperança?

Indiferentes, no entanto, à urdidura diária que traça epílogos nem sempre auspiciosos, sucumbimos ao sonho de uma benevolente eternidade. Sob a custódia de um assombro que consome muitas vezes o que temos de melhor.

ZONA CLARA

O mistério circula por uma zona clara e escura. Ora deixa-se desvendar, ora reveste-se de véus. Nem Salomé, em sua fúria erótica, rasgaria os véus do mistério.

A sociedade, hoje ao nosso alcance, banaliza o cotidiano e as relações amorosas. Perde as porções do mistério sem as quais se esvanece a consciência do sagrado. No imediatismo contemporâneo a vida se esgarça sem ao menos um registro de Tucídides.

Falta quem resista ao imediato e faça o elogio do tempo. E que confesse saber o que ocorreu no passado, não tão distante, como por exemplo no século XX. E que promova esse saber diante dos desatentos, serviçais da moda fugaz.

Mas o que ofertar-se para cumprir esta missão?

UMA FURTIVA LÁGRIMA

É preciso que o outro, de visita à sua casa, receba-o com honras, como que em uma bandeja.

Vale afirmar que somos filhos do mistério, jamais portanto ao alcance do cutelo do carrasco.

O CAVALHEIRO

Encontrei aquele seu amigo na esquina. Fingiu não me ver, apostando na minha cegueira, de quem vivia distraída com as sentenças.

Olhei para o lado contrário, evitando que nossos olhares se cruzassem. Ele me pareceu constrangido. Afinal eu recordava você. Era como se a tivesse ali, no meu lugar.

Mas como solicito a presença do mundo enquanto eu o puder aturar, sigo observando como os seres vivem, deixei-me observar. Ele não mudou, sem dúvida, mas envelheceu. Só lhe faltavam para complementar seus adornos, seguir sendo o mesmo homem, a bengala e o chapéu gelot. Ambos enfeites lhe deram certa aparência fidalga de rico.

Mas sinto muito, amiga, ele não me convence. Encerro este bilhete dizendo-lhe que a ele falta envergadura de homem.

VINGANÇA

A poesia mente, como é mister. Enquanto o desejo, ao envolver-se com a poesia, ganha aura poética, pode ser sórdido e imperialista. Julga-se com o direito de comprometer-se com a vida. E em seu curso de água trair o próximo, devorar-lhe as entranhas, desfazer do objeto do desejo quando julgue devido. Em nome da prosperidade da carne, sacia-se no leito, na campina, nos cinemas poeiras, onde se consagram os lírios do campo. Em sua exaltação, o desejo deixa à vista de todos o que devia abrigar-se no casulo. Mas por que diabo um estranho qualquer tem poder para dominar o código da minha genitália?

Não respondo. Intuo que a mirada alheia é um punhal, cuja lâmina cega retalha a paixão. Este arrebato que fenece veloz, junto com o desejo que logo se traslada para outro inimigo.

MARCAS ICONOGRÁFICAS

Observo as circunstâncias históricas que enlaçam as culturas brasileira e espanhola, das quais derivo como mulher e escritora, e sei que Espanha participa da psique brasileira, esteve presente na nossa trajetória constituída de mil fios narrativos. E de tal forma isto se deu que é difícil rastrear suas influências, esmiuçar o que facultou alianças recônditas e visíveis entre ambos os países.

É mister relembrar que, com a morte trágica do rei Dom Sebastião nas costas africanas, que mergulhou Portugal em intensa melancolia, Filipe II tornou-se, a partir de 1580, dono do Brasil. Ao dispor de escritura, bula papal, converteu-se, ao longo de sessenta anos, em senhor daquelas terras ultramarinas, quando se formou a União Ibérica.

UMA FURTIVA LÁGRIMA

A despeito contudo de tal poder, aquela flora e fauna inusitadas não atraíram o monarca. E isto porque, encerrado nos aposentos de El Escorial, nada lhe dizia a luz dos trópicos, não lhe apetecia ver de perto as terras exóticas. Sem sua aparente indiferença, no entanto, traduzir uma visão política distraída. Pois, ao contrário, atento aos transtornos que intervenções radicais pudessem provocar na colônia brasileira, o soberano eximiu-se de cancelar as ordenações portuguesas, de impor aos nativos o espanhol como língua oficial.

O filho de Carlos V, sobretudo, conservou autoridades brasileiras e portuguesas à frente da administração, não interferindo em decisões que pudessem golpear a normalidade jurídica vigente. Esta e outras iniciativas não só estabeleceram vínculos afetivos com os reinóis, possibilitando que mais tarde os espanhóis colaborassem com o Brasil na manutenção das bocas do rio da Prata, como facilitaram um alargamento de terras que terminou por confluir para as Bandeiras, expedições tidas como verdadeiras epopeias nacionais. Como tal conhecidas, eram elas chefiadas por homens destemidos que, em flagrante desrespeito ao Tratado de Tordesilhas, ampliaram as fronteiras brasileiras, a pretexto inicial de buscar pedras preciosas, em especial esmeraldas.

NÉLIDA PIÑON

Apenas mencionarei nestas considerações a figura mítica do canário José de Anchieta, o jesuíta que, entre outras virtudes históricas, ocupou-se em fazer os registros poéticos dos índios nas línguas lusa, castelhana e tupi-guarani. Tido como o primeiro escritor brasileiro, Anchieta injeta naqueles silvícolas pátrios uma noção estética original. E acelera uma junção linguística e histórica que ao reforçar o repertório brasileiro amplia sua matriz civilizatória.

Filha, pois, destas fusões de sangue e de língua, reconheço-me cercada de marcas iconográficas provindas de todas as latitudes, em especial do Brasil e da península Ibérica. Como consequência, sou quem se identifica com uma matéria cultural conspurcada que me assegura no entanto uma benfazeja mestiçagem. Alguém, pois, ciosa da sua crônica pessoal, que traduzo como a história da minha gênese. Uma origem que veio de longe, terá atravessado etnias bárbaras até pousar e aquietar-se na península Ibérica. A fim de que eu guardasse em mim traços visíveis e secretos.

MEMÓRIA INVOLUNTÁRIA

A memória tende a fracassar. Como náufraga que sou, agarro as ripas do barco que emergem à superfície. Temerária boio em meio aos escombros.

Guardo, contudo, como valor primacial inesgotável, os cheiros, os sabores, o bife à milanesa da tia Maíta, a vaca Malhada à qual atribuo, agora à distância, dimensão mítica.

Reajo, contudo, apropriando-me da memória alheia que o mundo escancara. Não me submeto assim ao seu desgovernado arbítrio. Às vezes, piedosamente, recorro a ela. Sussurro-lhe, então, que me ceda de novo os instantes beatíficos em que fui feliz.

SEMPRE MACHADO

A imaginação brasileira abriga o que seja. Nossas ardências tropicais desfazem as filigranas europeias que são incompatíveis com a luxúria desenfreada e sem sutileza da nossa gente.

Em seguida a Proust, penso em Machado de Assis e pondero sobre suas recônditas inclinações. Indago como logrou o milagre de conjugar refinamento na pátria nossa. Além de outros acasos estéticos que ganham relevância à medida que escasseiam os gênios.

Por outro lado, filhos que somos de seu espírito, raramente seguimos seus ditames. Temo que não tenha deixado seguidores. E me pergunto se a culpa é nossa. Quem manda sermos desmedidos na paixão pela carne.

BENESSES UTÓPICAS

A perfeição é um alvo humano. Com este intuito, Thomas More criou sua *Utopia*, que se tornou um enclave fundacional a partir da Renascença. Uma obra sobrecarregada de ideais libertários, de sonhos coletivos, de saberes civis, um prato de lentilhas, enfim, que em vez de assegurar-nos a primogenitura bíblica garantiu-nos a ilusão de haver um Estado benevolente, de que a felicidade, mediante práticas idealizadas, inspiradas na ilha da Utopia, estava ao alcance de todos.

Uma narrativa em que Thomas More, personagem central, discute a sociedade sob um prisma filosófico, enquanto acolhe os pontos de vista dos visitantes Gil e Hitlodeu, personagens do livro. Este último dono de um verbo que norteia os pilares da república da Utopia, em contraste com as misérias da Inglaterra de Henrique VIII.

Pautado pela arrogância intelectual, Hitlodeu é um crédulo. Suas teorias, sociais e políticas, referentes à sua ilha pretendem convencer seu anfitrião e narrador das benesses provindas da abolição da propriedade, do convívio comunitário, da fidelidade conjugal, do consumo mínimo. De como aquele povo, sob a regência de regras rígidas, se credenciou a viver de forma igualitária, a se acautelar contra intrusos que conspurcam a célula familiar e social, a obedecer à justiça aplicada pelos magistrados intitulados de pais. Enfim, um povo que, conquanto recluso, assimilou no passado o pensamento grego com o qual se afinava.

Thomas More permitiu que o protagonista, sempre propenso a vencer, a se antecipar caso se antepusessem a ele, se excedesse nas intimidades secretas da ilha, na teologia, no humanismo. E que esmiuçasse a crueldade, a volúpia, o comportamento, os percalços humanos. Hitlodeu, porém, sempre correto, refugiava a voracidade e o autoritarismo no âmago da narrativa, enquanto More fingia não fazer parte desta retórica que simulava ser altruísta.

A alegoria, proposta pelo narrador, guardava semelhança com o cristianismo que Thomas More professava, ao limite de haver sacrificado a vida em defesa de seus princípios. No entanto, séculos

UMA FURTIVA LÁGRIMA

depois, seus ideais sofreram maligna erosão, impacto degenerativo. Como resultado, seus sonhos coletivos jazem agora aos pés de um individualismo feroz, de um cinismo compulsivo. A ponto de estes conceitos utópicos, distanciados de uma semântica coletiva, banalizarem-se, tornarem-se meras aspirações mundanas e utilitárias. A utopia passando a ser um vocábulo que mal expressa o padrão moral e ideológico de outrora.

Ao final do relato, Hitlodeu aguarda as reflexões do pensador inglês que, no entanto, propõe uma trégua antes do jantar. Não sem se sentir, por força de seu mister de pensar, sobre o fio da navalha, prestes a abrir perspectivas novas para uma humanidade flagelada pela dor e pela modernidade questionável. E encerra o livro com o epíteto: "Aspiro, mais do que espero."

CENTENÁRIO DE NASCIMENTO

Olivia Carmen Cuiñas Piñon, se viva fosse, completaria 100 anos de nascimento neste 30 de setembro. Ao deixar a filha, a família e os amigos em novembro de 1998, cumpriu, airosa e digna, o roteiro de sua vida. Enquanto viveu, respondeu pelas normas civilizadoras da casa, auxiliou a filha a aprimorar a arte do cotidiano e da narrativa, praticou o bem, acreditou nos seres. Ainda hoje sabemos que a lição de seu legado não se esgotou. Suas reminiscências perduram nos que a conheceram e a admiraram. São vinhetas preciosas. A filha há de amá-la sempre.

SOLIDÃO

Forjadas pela solidão, as palavras carecem do mundo que lhes agrega a luminosidade do filtro poético. A língua que balbucio ainda hoje veio do berço, do peito materno. Eu olhava a mãe e agradecia a sua generosidade abundante. Intuía que as sílabas, as letras, o amontoado dos murmúrios verbais vinham das substâncias de Deméter, mãe da terra.

O português, que veio do galaico português, atravessou o Minho, de Tui até Braga, para assegurar dupla nacionalidade linguística. Da terra do pai e do solo da língua. Galícia e Portugal. Com esta língua digo o que preciso. Até o que não sei e aprendo.

Dou-me conta de que me permito a imprudência quando emito sons, que são palavras. Não importa se falo com Deus nesta língua, mesmo porque ele não me responde. Não sou Abraão, mas uma simples Sara.

Carlos V, ainda Carlos I, desembarcou em Espanha com 15 anos, a caminho de Tordesilhas, para roubar o trono da mãe, Joana, a Louca. Ao aprender o castelhano, decidiu ser esta a língua adequada para conversar com Deus. E assim foi até falecer no mosteiro de Yuste.

Qualquer língua, porém, é eficaz, serve para as necessidades do humano. Os grandes clássicos como Homero, Cervantes, Shakespeare, Dante, Camões, Goethe, e tantos outros alcançaram a plenitude das suas línguas graças aos recursos que seus idiomas lhes ofereciam.

GRAVETINHO AMADO

Gravetinho morreu nesta madrugada do dia 5 de julho, quinta-feira, 2017. Fazia frio e eu o abracei pedindo que não me deixasse. Ele esperou que eu chegasse para as despedidas de uma vida em comum, partilhada ao longo de onze anos.

Repeti várias vezes que não me deixasse. Implorei, sim, que ficasse. Ele importava mais que as glórias literárias, que certos bens que não me davam crédito. Eu já sabia que o amor é tudo. Ele era tanto. Era a alegria da casa.

Diante do seu último arfar, proclamo meu amor. Agradeço infinitamente por ter acolhido a minha devoção. Por ter me ensinado que amar um cachorro como ele significa aclamar a vida, agradecer a vida, situar-me no seio do coração que gera quem somos.

Amo você, meu Gravetinho Piñon. Meu ser que há de ficar comigo para sempre. Hei de honrar este amor com a linguagem dos homens, que você aprendeu a traduzir. E certamente usava com seus latidos as palavras humanas. Melhor que todos nós.

Adeus, meu bichinho amado.

Este livro foi composto na tipografia Bembo
Std, em corpo 12,5/17, e impresso em papeloff-white
no Sistema Digital Instant Duplex
da Divisão Gráfica da Distribuidora Record.